SHI
JIN G
FEI
NIAO

/ 经 /
诗 鸟
飞 / 张 海 华
 著

宁波出版社

張可航 絵

白
腹
錦
蛇

图书在版编目（CIP）数据

诗经飞鸟 / 张海华著 . — 宁波：宁波出版社，2020.10
ISBN 978-7-5526-4047-2

Ⅰ.①诗… Ⅱ.①张… Ⅲ.①《诗经》—诗歌研究 ②鸟类—普及读物 Ⅳ.① I207.222 ② Q959.7-49

中国版本图书馆 CIP 数据核字（2020）第 182831 号

版权申明：本书中所收文章均为作者原创，书中所用图片除特别注明，均为作者本人所拍摄，使用本书文章和图片，须征得出版者或作者本人同意，违者必究。

诗经飞鸟
SHIJING FEINIAO

张海华
著

手　　绘	张可航
出版发行	宁波出版社
地　　址	宁波市甬江大道 1 号宁波书城 8 号楼 6 楼
邮　　编	315040
联系电话	0574-87259609
网　　址	http://www.nbcbs.com
策　　划	徐　飞
责任编辑	徐　飞　王　苏
装帧设计	王泽闻　黄甜甜
责任校对	王　蕊　陈　钰
责任印制	陈　钰
印　　刷	宁波白云印务有限公司
开　　本	880 毫米 ×1230 毫米　1/32
印　　张	16.125
字　　数	318 千
版　　次	2020 年 10 月第 1 版
印　　次	2020 年 10 月第 1 次印刷
标准书号	ISBN 978-7-5526-4047-2
定　　价	168.00 元

本书若有倒装缺页影响阅读，请与出版社联系调换，电话：0574-87248279

张海伴

SHI
JING
FEI NIAO

张海华，网名"大山雀"，毕业于中山大学哲学系、复旦大学中文系，获哲学学士、文学硕士学位，现为媒体人、自然摄影师、博物作家。有15年野外摄影经验，业余主要致力于野生鸟类、两栖爬行动物、野花、野果等方面的拍摄及自然文学创作，著有《云中的风铃：宁波野鸟传奇》《夜遇记》《东钱湖自然笔记》等，其中《云中的风铃：宁波野鸟传奇》获首届中国自然好书奖。

自 序

2020，很不平静的一年。谁也想不到，一种病毒、一场疫情，会如此扰动整个世界。和许许多多人一样，我也曾恐慌、疑惧、焦虑，并不停反思：人类这是怎么啦？我们该如何修复与大自然的关系？

作为一名连续15年在野外探索的自然摄影师、一个博物爱好者、一个自然文学的创作者、一个无比热爱荒野之美的人，我几乎每天都能感受到，现代人与大自然的割裂有多么深。如今，似乎一切的一切都是那么快、那么新、那么炫目、那么迫不及待，而只有很少的人愿意慢下来，行走于乡野的小道，去观察草木虫鸟的美好，去凝视来自古老文化的脉脉余晖。

近几年,细读《诗经》之时,我深深体会到了,作为现代社会的一员,自己身上也同样存在很多"隔":与自然之"隔"、与传统之"隔"、与诗意之"隔"……

为何这么说?我讲点个人感受,若能引起些许共鸣,就已深感荣幸。

《诗经》是我国第一部诗歌总集。在中国,但凡受过教育之人,想必都知道这部经典,但若问有多少人曾深入读过,恐怕就应者寥寥了。就拿我自己来说,说起来还是毕业于中文系的文学硕士,可至少在求学期间,还真没读过多少《诗经》里的篇什,想想真是惭愧无比。

那么,到底是什么隔断了我们与经典的联系,让大家对如此美丽的诗歌望而却步?时代过于久远,对传统文化重视不够,古文太艰深……原因可以罗列出一大堆,但还有一个重要因素,或许意识到的人并不多,那就是:如今的我们,虽然搭上了现代科技的快车,但是对乡土与自然关注得太少了(它们仿佛都是车窗外一掠而过的风景),以至于看到《诗经》中随处可见的物种名字经常一头雾水,这对品味诗意造成了很大障碍。

子曰:"小子何莫学夫《诗》?《诗》可以兴,可以观,可以群,可以怨。迩之事父,远之事君;多识于鸟兽草木之名。"(《论语·阳货》)

古代对于《诗经》,多强调其在"兴观群怨""事君事父"等社会教化与伦理方面的功用,而把"多识于鸟兽草木之名"一带而过。

但现在的情况有所不同。北京大学刘华杰教授在其著作《博物人生》中说:"'多识于鸟兽草木之名'一句虽然写在最后,但它反而是最基本的,是入场券。不知其中的鸟兽草木之名,算不上读懂了《诗经》。"

我非常认同这个观点。《诗经》本身就是一部跟博物学密切相关的诗集。所谓"诗三百",包含了风、雅、颂,具体为"国风"160篇、"小雅"74篇、"大雅"31篇、"颂"40篇,凡305篇。所收录的,以民歌为多。所谓"民歌"者,绝大多数为"草根诗人"所作也,以"国风"为代表。其实,在被称为"庙堂文学"的"雅""颂"篇章中,有关自然博物的诗句也比比皆是(这在"小雅"中尤其明显)。为什么会出现这样的情况?道理很简单:遥想两三千年前,先民们生活在山林水泽之间,无论四季如何变换,均与草木鸟兽旦夕相处,故常就地取材,即景即情,发而成诗,此之谓"比兴"也。

我想,在孔子的时代或离孔子不太远的时代,读书人对于《诗经》的语言及其指称的相关名物尚不会产生明显的隔膜,相对比较容易了解彼物为何物。而后世之人却与《诗经》有了很多"代沟",这是事实。可是,我们若完全不了解诗中那些乡土物种,不懂物候的变化,又如何能在脑海中充分建立诗之意象,重返"诗意现场"?

现在我们来看看，"诗三百"中到底提到了多少种动植物？自古以来，关于《诗经》名物的探究一直没有中断过，有关著作所描述的《诗经》物种的数量也不一样，而现代研究给出的答案是250多种。

三国时，吴国的陆玑撰写了《毛诗草木鸟兽虫鱼疏》，这是中国第一本专门研究《诗经》名物的著作，对后世影响很大。此书记载了《诗经》中各类动植物共计170余种，还记录了不少物种的各地异名，同时描述了其形态和习性。

关于《诗经》名物考证，图谱类著作不多，且多已散失。近代比较有名，且配图相对比较齐全的当属《毛诗品物图考》（日本冈元凤纂辑，成书于18世纪中后期），书中关于《诗经》草、木、鸟、兽、虫、鱼的绘图达200多幅。但从现在的眼光来看，这些黑白手绘图未免失之粗糙。其后，跟冈元凤同处于日本江户时代的儒学家细井徇，约于19世纪40年代组织京都画师，共同编撰绘制了《诗经名物图解》，也涉及《诗经》名物200多种。此书采用彩色绘图，画面唯美，质感细腻，比《毛诗品物图考》精美不少。最近几年，细井徇的《诗经名物图解》在国内突然红了起来，多家知名出版社为其配以相关译注，重新编排、制作后予以出版。

当代中国学者也在《诗经》名物研究方面做了大量工作。前几年，中华书局出版了《诗经动物释诂》，此书对《诗经》中的110多种动物作了仔细考辨。学者胡淼所著的《〈诗经〉的科学解读》则不仅解读了《诗经》中的各类动植物，还对包括天气在内的各种自然现象进行了解读。台湾学者潘富俊所著的《诗经植物图鉴》广受读者欢迎。潘富俊将《诗经》中提到的138种植物（注，也有学者认为有143种）予以详细解释，并配有大量实地拍摄的彩色照片。就图片而言，在我迄今见过的关于《诗经》名物解读的各类著作中，潘著可谓是最"鲜活"的。

《诗经》涉及的动物中，又以鸟类为多。据我统计，《诗经》中明确提到鸟儿的地方累计达80处左右。合并重复的鸟类，整部《诗经》中实际提到的鸟儿至少有33种（或类）。

作为一名野生鸟类摄影爱好者，有一天我动了念头，想系统地解读《诗经》中提到的鸟类。那么，以前有没有出版过关于这个题材的专著？据我所知，只有一本。那就是，多年前出版的，台湾鸟类学家颜重威先生的《诗经里的鸟类》。可惜，虽多方访求，我还是没能读到此书，至今引以为憾——否则，一定会对我的写作有极大的帮助。

我写这本书，其目的，并不是写一本像博士论文一样的"专业"学术著作，而是希望自己能尽量以生动、简洁的语言讲清楚诗中的鸟，并适当穿插一些自己亲身经历的野外观鸟故事，从而能让高中生（甚至文学功底较好的初中生）不太费力地读下去。同时，为了让书的阅读界面更加友好，除了尽可能备齐照片，我还让女儿张可航用水彩手绘了不少鸟，用作书中的插图。

就题材而言，本书是一部跨界作品。我希望它能够在博物学与古典诗歌之间架起一座小桥，让更多的人（尤其是年轻人）爱上自然，爱上《诗经》。如果能这样，该是多么美好的事！

或许有人会问：《诗经》是如此古老，关于诗义的解释一直争论不休，乃至有"诗无达诂"（语出汉董仲舒《春秋繁露》）之说，你能保证关于《诗经》鸟类的解读都是正确的吗？

我的回答是：不能。在这个问题上，我既不敢也无法强作解人，唯愿遵循个人的"求解"原则，根据自己对诗义与鸟类的了解，尽量做到能自圆其说即可。

我也相信，本书中的错误（乃至谬论）一定会存在。这一切，都有待时间的检验。书出版后，若能蒙读者诸君不吝指出存在的谬误，我将万分感谢。或许，若干年后，此书将会推出"2.0版"。

近些年来，博物学在中国出现了良好的复兴势头。刘华杰认为，"重启"古老的博物学，需要靠一阶博物与二阶博物同时推进。一阶博物，指的是我们亲近、了解大自然的实践活动，如野外观鸟、认识野花等；而二阶博物，侧重的是跟博物学相关的学术研究，涉及历史、文化、社会、经济、哲学等方方面面。

就当前国内博物类图书的出版而言，"一阶"作品可谓红红火火，如我本人的《云中的风铃：宁波野鸟传奇》《夜遇记》与《东钱湖自然笔记》就都属此类；相对而言，"二阶"的原创著作尚较少，这本《诗经飞鸟》恐怕也算不上"二阶"，最多是"1.5阶"。

中国文化推崇"天人合一",中国的古典文学(尤其是诗歌)也与自然有着天然的无法割断的联系,是取之不尽的博物学研究宝库。作为后人,我们有责任、有义务去挖掘其中的精髓,把古典文学与博物学的优秀传统发扬光大。

最后,我觉得有必要再补充说明一下是什么机缘促使我写这本书。真的,如果说我成为"鸟人"是一个偶然,那么写《诗经飞鸟》也完全是一个偶然。

2005年早春,我在去宁波市气象台采访的路上"一不小心"跳到田野里,拍了一大群像云一样在飞的麻雀。不承想,这群麻雀竟从此改变了我的人生,让我成为一个酷爱拍鸟、观鸟的"鸟人"。

11年后,即2016年的春天,我突然冒出了一个点子,想写一篇关于"古诗中的鸟儿"的文章。计划中的这篇文章不长,字数控制在3000字以内,刚好可以在报纸副刊上发一个整版。构思的时候又想,写这篇文章,《诗经》肯定是绕不开去的。谁知一翻《诗经》,哎呀,原来里面提到了那么多鸟,光就《诗经》便可以单独成文了!

再仔细读下去,发觉又不对,原来只针对"关关雎鸠"就足以写一篇有趣的文章了!于是,不久之后,《雎鸠是个什么鸟》发表在了《宁波晚报》副刊上,颇受读者好评。

受到了鼓舞,我索性一鼓作气,用了两三个月的时间,比较系统地读了点书,基本梳理出了《诗经》中提到的所有鸟类,并陆陆续续又发表了几篇文章,形成了"《诗经》鸟类漫谈系列",总计一万多字。

那个时候,我就思忖着是否该写一本书了。但这样一来,工程就大了。果然,又花了三年半的时间读书、写作及野外拍摄,直到 2019 年 10 月底,我才把《诗经飞鸟》的书稿交给了宁波出版社。又经过了一年的设计、制作、微调,这本书才终于慢慢浮出水面。在此,要特别感谢编辑徐飞先生、王苏女士,以及本书设计师王泽闻先生的辛勤付出!

回过头来想想,世界上有些事情真的很奇妙。

人生的故事,到底是偶然还是必然,谁也说不清。我只知道,要有梦想,要努力去做,就好。

张海华

2020 年 8 月 29 日

说 明

为了便于读者阅读本书，这里作一简单说明。

全书共 26 篇文章。前面 24 篇，大体以鸟的分类为原则，对《诗经》中涉及的所有鸟类进行了详细解读。第 25 篇《古人原来会观鸟》，列出了《诗经》鸟类清单，并对古今"观鸟"行为之异同作了分析。最后一篇《〈诗经〉鸟类诗句一览》，对《诗经》中所有涉及鸟类的诗句（有些是存在争议的）依次列举，便于读者对《诗经》的相关内容有一个总体印象。

这是一本图文并重的书。不过，为了让读者在阅读时不被图片分散注意力，在设计时有意使用了图文分离的方式，即不在正文中穿插图片，而是在文前以手绘加照片为"导读"，文后再辅以"图说"，这样能让大家更好地了解相关诗篇及鸟儿的信息。

本书中对鸟类的定名，均以《中国鸟类分类与分布名录（第三版）》为准；文末"图说"对重点鸟类的简介，主要摘自《中国鸟类野外手册》，部分地方有改动。书中的照片，除特别注明，均为张海华摄。

最后，列出部分重点参考的书目，以便同好进一步探索求证。

与《诗经》文本注释有关的部分著作：

余冠英选注《诗经选》，中华书局 2012 年版

程俊英、蒋见元著《诗经注析》，中华书局 1991 年版

陈子展撰述，范祥雍、杜月村校阅《诗经直解》，复旦大学出版社 2015 年版

高亨注《诗经今注》，上海古籍出版社 2009 年版

向熹译注《诗经》，高等教育出版社 2009 年版

向熹译注《诗经译注》，商务印书馆 2013 年版

周振甫译注《诗经译注》，中华书局 2002 年版

任乃强著《周诗新诠》，巴蜀书社 2015 年版

马持盈注译《诗经今注今译》，台湾商务印书馆 2014 年版

宋·朱熹注《诗集传》，中华书局 2011 年版

清·马瑞辰撰《毛诗传笺通释》，中华书局 1989 年版

与《诗经》名物解读有关的部分著作：

高明乾、佟玉华、刘坤著《诗经动物释诂》，中华书局2005年版

胡淼著《〈诗经〉的科学解读》，上海人民出版社2007年版

［日］细井徇编绘《诗经名物图解》，人民文学出版社2018年版

［日］冈元凤纂辑，王承略点校解说《毛诗品物图考》，山东画报出版社2002年版

林赶秋著，［日］橘国雄插画《诗经里的那些动物》，重庆大学出版社2010年版

潘富俊著《诗经植物图鉴》，猫头鹰出版社2014年版

三国（吴）·陆玑撰《毛诗草木鸟兽虫鱼疏》，中华书局1985年版

明·李时珍编纂，刘衡如、刘山永校注《本草纲目》，华夏出版社2013年版

［英］约翰·马敬能等著，卢和芬译《中国鸟类野外手册》，湖南教育出版社2000年版

郑光美主编《中国鸟类分类与分布名录（第三版）》，科学出版社2017年版

家燕 / 张可航 绘

白胸苦

雎鸠到底是何鸟

好吧,就当这是一个
"打一鸟名"的猜谜游戏。

关关雎鸠,在河之洲。
／窈窕淑女,君子好逑。

东方大苇莺

唯鸠到底是何鸟

"关关雎鸠，在河之洲。窈窕淑女，君子好逑。"杜丽娘念。

"雎鸠，是个鸟。关关，鸟声也。"老先生解释。

这番对话，出自明代汤显祖《牡丹亭》第七出《闺塾》。《诗经·周南·关雎》这首诗几乎人人皆知，因此也被编排到了戏曲里。诗三百，开篇第一首的第一句就是关于鸟的，可这"雎鸠"到底是什么？两千多年来人们争论不休，迄今没有定论。

在《闺塾》的下文中，丫鬟春香一旁接话说："是了。不是昨日是前日，不是今年是去年，俺衙内关着个斑鸠儿，被小姐放去，一去去在何知州家。"这自然是春香在插科打诨，她还故意把"河之洲"说成"何知州"。但老先生也没反驳"雎鸠即斑鸠"这种说法。

/ "打一鸟名"的谜语

关于"雎鸠是个什么鸟"的问题,现当代学者们主要有以下几种答案:

周振甫《诗经译注》:"雎鸠,一种水鸟。"
余冠英《诗经选》:"雎鸠,即鱼鹰。"
马持盈《诗经今注今译》:"雎鸠,水鸟,即鱼鹰。"

可见,早年的主流说法主要在水鸟、鱼鹰之间绕圈子。而近几年,各种新说法层出不穷,五花八门,有人说雎鸠是白胸苦恶鸟、东方大苇莺,也有人说应该是大雁、天鹅之类,还有人认为是彩鹬、水雉、冠鱼狗、小䴙䴘(音同"辟梯")、扇尾沙锥等。

好吧,就当这是一个"打一鸟名"的猜谜游戏。

"关关雎鸠,在河之洲。窈窕淑女,君子好逑。参差荇菜,左右流之。窈窕淑女,寤寐求之。"这几句话是谜面。由谜面可知:一、这鸟必须在周南一带有分布;二、黄河中的沙洲适合它栖息,同时适合荇菜生长;三、鸟叫声如同"关关";四、其叫声能让人产生求偶的联想——换句话说,鸟这么叫,本身就是为了求偶。

根据这四个条件,谜底就基本可以揭晓了。

最近十几年,我痴迷于拍鸟,对以上提及的被认作雎鸠的各种鸟儿,我都在野外仔细观察、拍摄

过。下面说说我的观点。

产生了《关雎》这首诗的"周南"是什么地方？这个在学术界有共识，周南主要指今日河南省西南部至湖北省西北部一带。上面提及的几种鸟在此区域有分布，问题不大。

根据"在河之洲"这一信息，古人推断雎鸠应是一种水鸟。如南宋大儒朱熹在《诗集传》中解释"雎鸠"："水鸟，一名王雎，状类凫鹥，今江淮间有之。"凫，即野鸭；鹥（音同"医"），即鸥。凫与鹥的体形、习性均相差甚大，因此朱熹的注释除了点明雎鸠是水鸟，没有其他信息。

鱼鹰岂会"关关"叫？

由古及今，更多的说法认为雎鸠即鱼鹰。在民间，鱼鹰可以指两种鸟，一是鸬鹚（规范中文名叫"普通鸬鹚"），二是鹗。鹗这一说，受到学者们广泛认同。明朝李时珍在《本草纲目》中就点明雎鸠即鹗。有的《诗经》名物图谱中，也直接把雎鸠画成冲向水面的老鹰。

鸬鹚是水鸟，是华东地区的常见冬候鸟，善潜水捕鱼，在海滨湿地比比皆是，也常出现在内陆的湖泊、江河等大型水域中。自古以来，渔民就驯化鸬鹚捕鱼，称其为"鱼鹰"。不过，鸬鹚通常无声，仅在

"繁殖期发出带喉音的咕哝声"(据《中国鸟类野外手册》)。

而鹗是真正的鱼鹰,它不是水鸟,而是一种以鱼为食的猛禽。在浙江省宁波市江北区的英雄水库、慈溪市的杭州湾湿地等地,我都见到过俯冲水面抓鱼的鹗。有一次,在英雄水库,一只鹗竟然在我头顶低空盘旋了好几圈,边飞边发出尖锐的带哭腔的叫声,跟书上"繁殖期发出响亮哀怨的哨音"的描述完全一致。

大家都知道,就创作手法而言,《诗经》讲究"赋、比、兴"。"关关雎鸠,在河之洲"就是在"起兴",即诗人由实际见闻而受到了某种触动,引起联想。所以,与现实不符的东西是可以被马上否决的。

而无论是"咕哝声"还是"哀怨的哨音",显然都与"关关"之声毫不搭边。所以,不管哪一种鱼鹰,都不可能是雎鸠。

还有人认为,雎鸠是指大雁。我认为这种说法也很难令人信服。在《诗经》中,提到大雁的诗篇不少:

《匏有苦叶》:"雍雍鸣雁,旭日始旦。士如归妻,迨冰未泮。"

《女曰鸡鸣》:"将翱将翔,弋凫与雁。"

《鸿雁》:"鸿雁于飞,肃肃其羽。"

显然,诗中直接使用"雁"这个字了,怎么会单单冒出个"雎鸠"来呢?

这里所引《匏有苦叶》四句诗的意思是说:"大雁群鸣,红日初升。趁着冰未封河,哥你快过河来娶小妹吧!"雝雝,即大雁的和鸣之声。前几年冬天,我在杭州湾湿地拍到了100多只越冬的鸿雁,当时很远就能听到它们振翅欢叫,声如"昂昂",一如家鹅(鹅是由雁驯化而来的)。"雝雝"也好,鹅叫也好,哪有一点像"关关"?同理,雎鸠也不会是天鹅。

关于彩鹬,我从未在野外听到过它的叫声,不管是在夏季繁殖期还是在冬季。查《中国鸟类野外手册》得知,彩鹬"通常无声,但雌鸟求偶时叫声深沉,也作轻柔声"。听了别人录的彩鹬叫声,确为轻柔的"咕咕"声。从习性来看,彩鹬也不大可能是雎鸠。

至于水雉、冠鱼狗、小䴘䴘、扇尾沙锥等鸟类,其叫声均与"关关"相差甚远。

/ 苦恶鸟与苇莺的对决

近年又有人提出,雎鸠是白胸苦恶鸟,还有人说是东方大苇莺。这两种鸟在繁殖期的叫声,我听过无数次,确实可以说接近"关关"了。

在古时的"周南"一带,这两种鸟肯定都有分布,应该是前来繁殖的夏候鸟,当然白胸苦恶鸟也可能是四季常在的留鸟。

先说说东方大苇莺。一般人可能对它很陌生,但大家都知道大杜鹃(即布谷鸟)的巢寄生习性吧?大杜鹃喜欢把自己的卵产在东方大苇莺的巢里。这东方大苇莺,便是失去了自己的孩子,却来喂养大杜鹃幼鸟的可怜的"义父义母"。

在我所居住的宁波地区,东方大苇莺也是夏候鸟。每年春末,它们从南方飞来,在杭州湾湿地的芦苇荡里营巢。五、六月份,它们爱站在芦苇顶端,大声鸣叫:"呱呱叽!呱呱叽!"整片湿地里都是它们响亮的大合唱。

看上去,东方大苇莺这个答案已经颇为接近谜面的要求了。但别急,还有更强有力的竞争对手,那就是白胸苦恶鸟。

白胸苦恶鸟这个古怪的名字来自它的叫声,"苦恶"是象声词。我妈说,在老家海宁,传说有个女人的孩子被人偷抱走了,她就整天哭喊"苦啊、苦啊",最后就化为"苦啊鸟"。有的地方则是说,新媳妇在丈夫家受到小姑的虐待而死，化为鸟之后还不停地叫"姑恶、姑恶"。当然，这都是后人的附会闲扯。

实际上，它是一种属于秧鸡科的水鸟，胸腹部白色，故在我国台湾被称为"白腹秧鸡"。这鸟在宁波属于常见留鸟，在日湖公园就容易见到。前几年的初夏，宁波市区胜丰河边的沈家村没有拆迁的时候，我经常会整夜听到其雄鸟在河边不知疲倦地鸣叫："苦恶、苦恶！"这声音酷似"关关、关关！"

个人认为，白胸苦恶鸟与东方大苇莺都有可能是雎鸠，但更有可能是前者。主要理由是，白胸苦恶鸟不仅求偶叫声比东方大苇莺更像"关关"，而且更喜欢在晨昏鸣叫，而后者一般只在白天鸣叫；此外，白胸苦恶鸟一般是个体鸣叫，而东方大苇莺通常是合唱。前者的习性似乎更符合诗的意境。

"关关雎鸠，在河之洲。窈窕淑女，君子好逑。……求之不得，寤寐思服。悠哉悠哉，辗转反侧。"通过这段原文，我们不妨遥想：两三千年前的那位君子，早晚听到河中沙洲上的白胸苦恶鸟在为求偶而不停鸣叫，不禁触景生情，越发思念自己心仪的"窈窕淑女"，以致辗转反侧，难以入眠。于是，他干脆揽衣而起，慢慢吟出了这首千古绝唱……

》第 378、380 页　　普通鸬鹚《图说》第 380 页
》第 378、379 页

喜 鹊

"鸠"缠不清的旅程（上）

《诗经》里哪一类鸟最让人头疼？

毫无疑问，答案是：鸠！

维鹊有巢,
维鸠居之。
之子于归,
百两御之。

红 隼

八 哥

"鸠"缠不清的旅程(上)

若有人问我:《诗经》里哪一类鸟最让人头疼?

毫无疑问,答案是:鸠!

其实令我头疼根本算不了什么,古往今来的大学者都为此头疼,公说公有理,婆说婆有理,迄今争论不休。

《诗经》中出现"鸠"的诗共有五首,依先后顺序,相关内容分别是"关关雎鸠""鹊巢鸠占""于嗟鸠兮""鸤鸠在桑"和"宛彼鸣鸠"。光这里的各种"鸠",已经让人分辨不清了,更何况还没完,因为《诗经》中还有两首诗提到了"翩翩者鵻(音同"追")",对这里的"鵻",学者们通常注为"斑鸠",于是又和鸠"勾搭"上了……

现在,让我们一起开始这一段"鸠"缠不清的旅程吧!

/ 谁在沙洲"关关"叫？

《诗经》305 篇，开篇就是《关雎》。这首诗很多人都会背："关关雎鸠，在河之洲。窈窕淑女，君子好逑。参差荇菜，左右流之。窈窕淑女，寤寐求之。……"我女儿小时候淘气，故意把"参差荇菜"念成"生吃青菜"，一家人都笑痛了肚子。

荇菜为何物？古今无争议，现在的名字还是"荇菜"。这是一种龙胆科多年生水生植物，生于池塘等平稳水域，春末夏初，开鲜黄色的小花，挺立于水面。至于"雎鸠"是什么鸟，却从未达成一致意见。在《雎鸠到底是何鸟》一文中，我已梳理了古今关于"雎鸠"的各种说法，并根据诗中所描述的生态环境、鸟类叫声与习性等特点，认为雎鸠可能是白胸苦恶鸟、东方大苇莺。尽管如此，有些话还是有必要进一步说清楚，因为这不仅关乎雎鸠的身份，也同样适用于研究《诗经》中其他鸠的身份，当然也适用于探讨其他存在争议的动植物。

两千多年来，关于《诗经》名物研究的著作数不胜数，其研究手段往往涉及古文字、音韵、训诂等专业领域，这对像我这样的非专业人士来说，确实高不可攀。我探究《诗经》中的鸟类，主要遵循以下原则：一、就诗论诗，即把相关诗句作为描述某种鸟类的"第一现场"，看诗中提供了多少有助于破解谜题的信息，并进行合理解读；二、同时依据各种

鸠"缠"不清的旅程(上)

经典注解,综合各方信息,结合诗意,作出自己的判断;三、当上述两条原则冲突时,优先考虑"就诗论诗"原则。

让我们再回到"雎鸠"。先来就诗论诗,就像《雎鸠到底是何鸟》一文中所说,将它当作依据诗句"打一鸟名"的猜谜游戏。应该说,诗句提供的信息量是比较丰富的,有具体的地理位置、伴生的植物等环境信息,也有鸟儿本身的习性描述。对一个熟悉鸟类的人来说,根据这些信息,判断"雎鸠"是什么类型的鸟,本来并不太难。

但令人纠结的是,古代典籍与古今学者关于"雎鸠"的解释,几乎都难以符合"就诗论诗"得出的结论。中国最早的词典《尔雅》,其《释鸟》篇中说:"雎鸠,王雎。"对后世绝大多数人来说,这几乎等于没说,谁知道这"王雎"又是啥?!晋代郭璞作注:"雕类。今江东呼之为鹗,好在江渚山边食鱼。"这里就说得非常明确了,雎鸠即王雎,又叫鹗。鹗是善捕鱼之猛禽,现代的鸟类分类系统沿用了该鸟名。此后,雎鸠为鱼鹰,即鹗,成为学术界的主流观点。但问题是,鹗平时几乎不叫,在繁殖期也只是"发出响亮哀怨的哨音",近乎哭腔,和"关关"求偶和鸣之声实在不搭边。

那么,学者们为何如此认同"雎鸠为鱼鹰"的说法呢?这或许跟"雎鸠"一词的古老出处有关。《左传·昭公十七年》中记述了"郯子朝鲁"的故事。郯子对鲁昭公说,其祖先少皞氏以鸟作为官名,其中，雎鸠氏作为"五鸠"之一，乃司马也。现代的《诗经》研究大家陈子展先生，在其巨著《诗经直解》中引述了上述记载，认为雎鸠乃王雎、猛禽、鱼鹰，"盖象征权力"。他说："《孔疏》：'司马主兵，又主法制。'可知其权力已高矣。雎鸠氏，盖以雎鸠为图腾之氏族部落。……（关关雎鸠出在何处？）鄙意未必不出在雎鸠氏也。……此诗或出自风谣，而未必为歌咏一般男女恋爱之诗也。当视为才子佳人风怀作品之权舆。"换句话说，陈先生认为，由于雎鸠作为猛禽，是权势的象征，故诗中所言君子淑女应为上层社会人士，恐非普通男女。

  关于雎鸠，当经典解释与"就诗论诗"的结论明显冲突时，我个人还是倾向于认为雎鸠不是鹗，而是其他鸟类，详见《雎鸠到底是何鸟》，兹不赘述。

"鸠"缠不清的旅程（上）

/ 谁占了鹊巢？

大家都知道"鸠占鹊巢"这个成语，通常用来比喻强占别人的住屋或占据别人的位置。这个成语出自《召南·鹊巢》，此诗描述了婚礼中盛大的迎亲场面：

维鹊有巢，维鸠居之。之子于归，百两御之。
维鹊有巢，维鸠方之。之子于归，百两将之。
维鹊有巢，维鸠盈之。之子于归，百两成之。

归，出嫁。两，同"辆"。"百"是虚数，指迎亲车辆的数量很多。御（音同"讶"），同"迓"，迎接。将，送。此诗一唱三叹，都以"鹊巢鸠占"起兴。

朱熹《诗集传》："鹊善为巢，其巢最为完固。鸠性拙，不能为巢，或有居鹊之成巢者。"大儒朱熹非常简洁地传达了诗句中关于鸟类习性的信息。

鹊即喜鹊，自古无二说。但这个不善为巢而占了鹊巢的鸠到底是什么鸟，争议却很大。有的说是斑鸠（周振甫等），有的说是布谷鸟（马持盈、陈子展、高亨等），有的说是八哥（马瑞辰、程俊英、向熹等），而胡淼、胡运彪等很多当代研究者认为是红隼、红脚隼之类的小型猛禽。

斑鸠自能为巢，不会占用鹊巢，故可首先排除。布谷鸟（即大杜鹃）具有巢寄生的习性，自己不筑巢，而把卵偷偷产在其他鸟的巢内，由其他鸟做

"义亲"代为哺育。注意，是"偷偷"，而不是像诗中所说的那样光明正大地"居之、方之、盈之"。因此，就诗论诗，说这里的鸠是布谷鸟，于理难通。

清代马瑞辰认为，诗中的鸠不可能是布谷鸟，而是八哥。其《毛诗传笺通释》中云："然布谷四月间始有，未闻有居鹊巢者。……鸲鹆（音同"渠玉"），今之八哥。李时珍《本草纲目》云：'八哥居鹊巢。'……今以目验，鹳鹆（同"鸲鹆"）有穴居者，亦有巢居者。其巢居则必居鹊之成巢，盖鹳鹆性拙，不能自为巢也。"他亲眼所见，"鹳鹆有穴居者，亦有巢居者"，这说法是对的。现代鸟类观察表明，八哥喜欢在洞内做窝——我甚至曾亲眼见到它们在路口红绿灯的钢管内为家，有时也会就喜鹊的旧巢加以整理。喜鹊的巢是由枯枝搭就的球形巢，侧面留孔进出。对八哥来说，这也相当于一个洞穴，它只要在里面垫上枯草、苇茎、软毛等物，就是一个安乐窝了。

《鹊巢》是"召南"民歌，古之"召南"包括今河南西部、陕西南部和长江中上游一带。八哥在国内主要分布于南方，在这一带也是有分布的。湖南有谚语云："阿鹊盖大屋，八哥住现窝。"故马瑞辰又说："《召南》化行江汉，则固鹳鹆所有之地，故诗因以起兴。"

"鸠"缠不清的旅程（上）

不过，陈子展坚持认为"不得以八哥释此诗之鸠"，他认为这里的"鸠"还是指布谷鸟。"（布谷）此类之鸟不自营巢，不自伏卵哺雏，寄居他鸟之室而产卵焉……诗言鸠居鹊巢，以兴国君夫人来嫁居君子之室。贵妇人被视为天生懒虫或寄生虫，《周易》言妇道无成有终之义，盖自奴隶社会已有剥削阶级时始矣。据此可见三千年前诗人体物之妙，二千年来学者博物之精。"（《诗经直解》）

当代学者更多地倾向于认为，主动侵占鹊巢的，是一些猛禽。我读到过中国科学院动物研究所鸟类学博士后胡运彪写的一篇关于"鸠占鹊巢"的文章，他说这里的鸠应该是指隼形目的一些小型猛禽，如红脚隼、红隼、燕隼等。

大家知道，喜鹊生性强悍，常结伙欺负猛禽，甚至敢驱赶狗。这么不好惹的主，谁敢霸占它的窝？胡运彪引专业研究成果称：实际上，绝大多数被占用的喜鹊巢都是往年的旧巢，新巢只占15％—20％，而且侵占新巢的鸟在体形上和喜鹊差不多，有些还要大许多。至于为什么要占用鹊巢，原因其实只有一个："适合的巢址太少，高大树木和天然树洞在一些生境中本来就比较少，喜鹊的巢呈球状，通常比较大，而且很坚固，对于其他筑巢技能不佳的鸟类来说，这简直就是天赐的场所。有现成的不用，傻呀！"

至此，关于"谁占了鹊巢"这一问题的答案，其实已经很清楚了。小型猛禽，还有八哥，都可能是古代诗人眼中将鹊巢"居之、方之、盈之"的鸠。

》第382页　喜　鹊《图说》第384、385页
》第385页

大杜鵑

"鸠"缠不清的旅程(中)

可叹那鸠呀,
不要多吃桑葚而醉倒!
唉,女人呀,不要沉醉于爱情!

／
鸤鸠在桑,
其子七兮。
淑人君子,
其仪一兮。
其仪一兮,
心如结兮。

大杜鹃

火斑鸠

谁啄食桑葚而醉？

《诗经》中第三个出场的鸠，诗中直接给出的特点只有一个，就是贪食桑葚。以下节选自《卫风·氓》：

桑之未落，其叶沃若。于嗟鸠兮！无食桑葚。于嗟女兮！无与士耽。士之耽兮，犹可说也。女之耽兮，不可说也。

桑之落矣，其黄而陨。自我徂尔，三岁食贫。淇水汤汤，渐车帷裳。女也不爽，士贰其行。士也罔极，二三其德。

大家都知道，《氓》是一首著名的"弃妇诗"。其篇幅较长，叙事与抒情均真切动人。诗中以女子的口吻，讲述了与男子恋爱、成婚直至被抛弃的整个过程。"桑之未落"一节，以桑叶与鸠起兴，大意是说：桑叶未落时，是多么鲜嫩，可叹那鸠呀，不要多吃桑葚而醉倒！唉，女人呀，不要沉醉于爱情！男人坠入情网，尚能脱身而去；而女人如果用情过深，就只会受苦而难以解脱啊！

先罗列一下古人关于此诗之鸠的解释。《毛传》（即《毛诗故训传》，简称《毛传》，是现存最早的完整的《诗经》注本）："鸠，鹘（音同"骨"）鸠也。"《尔雅·释鸟》："鹘（音同"屈"）鸠，鹘鸼（音同"舟"）。"晋代郭璞注："似山鹊而小，短尾，青黑色，多声，今江东亦呼为鹘鸼。"三国（吴）陆玑《毛诗草木鸟兽虫鱼疏》："鹘鸠，一名斑鸠，似鹁鸠而大。"南宋朱熹《诗集传》："鸠，鹘鸠也，似山雀而小，短尾，青黑色，多声。"（注，这里说的"山雀"应该出自上文郭璞所注"山鹊"，原文如此）说真的，我看到这里，头也已经晕了。

明朝李时珍《本草纲目·禽部》有"鹘嘲"条，做了一个总结，认为鹘嘲、鹘鸠、鹘鸼、鹘鸠、鸴（音同"学"）鸠，均同物而异名。李时珍说："（鹘嘲）其目似鹘，其形似鸴，其声啁（音同"周"）嘲，其尾屈促……故有诸名。"然而，李时珍说了那么多，却并不知晓鹘嘲为何鸟。因为他接下去又说："此鸟春来秋去，好食桑椹，易醉而性淫。或云鹘嘲即戴胜，未审是否。郑樵以为鸜鹆，非矣。"也就是说，李时珍认为，此鸟是"春来秋去"的夏候鸟，喜食桑葚，有可能是戴胜，但不可能是八哥、斑鸠之类。

上文不厌其烦说了这么多，其实我想说，古代关于《氓》中"鸠"的解释，至少以我们现在的眼光来看，似乎只是把简单的事情搞复杂了。

关于此诗中的鸠，当代学者的争议倒是不多，除个别学者认为是布谷鸟，通常都认为是斑鸠，因为据古代传说，斑鸠吃桑葚过多会醉。

以郭璞所注为基础，胡淼在《〈诗经〉的科学解读》中认为：山鹊即红嘴蓝鹊，尾长超过体长的两倍。相对于红嘴蓝鹊而言，"灰喜鹊符合'似山鹊而小，短尾，青黑色，多声'的特征描述，又喜欢啄食桑葚等浆果。……但喜食桑葚的鸟种类很多，本诗之'鸠'定为灰喜鹊或火斑鸠都不为错"。

胡淼的说法大致还是中肯的，我想，我们还可以再放开一些，不一定以郭璞的注解为准，其实，喜食桑葚之类植物果实的体形中等或略偏小的当地（指"卫"所在的地域，大致为河南淇县一带）常见鸟类——不论是鸦科的灰喜鹊，还是鸠鸽科的多种斑鸠，以及其他科的鸟类——都可以算作此诗中的"鸠"。

谁生七子不同树？

下一个出场的鸠，名为鸤鸠，出自《曹风·鸤鸠》。关于鸤鸠为何鸟，大家争议不多；关于这首诗本身的主旨，历来倒是颇有分歧。全诗如下：

鸤鸠在桑，其子七兮。淑人君子，其仪一兮。其仪一兮，心如结兮。

鸤鸠在桑，其子在梅。淑人君子，其带伊丝。其带伊丝，其弁伊骐。

鸤鸠在桑，其子在棘。淑人君子，其仪不忒。其仪不忒，正是四国。

鸤鸠在桑，其子在榛。淑人君子，正是国人。正是国人，胡不万年？

此诗四章，各章都以"鸤鸠在桑，其子XX"起兴。后面都是直接赞美"淑人君子"的，大意是说这位君子雍容华贵，言行一致，足以领导国人乃至四方诸国。最后祝他永葆万年。

中国有"诗教"传统，讲究"美刺"之说。对于《诗经》中的诗，大家常会说，此诗是在"美"某人或某事，彼诗是在"刺"某人或某事，用现在的大白话来说，就是赞美或批评。对于这首诗的含义，历来众说纷纭，简言之，是两种截然相反的意见：一种认为是"美"，一种认为是"刺"。如《毛诗序》云："《鸤鸠》，刺不一也。在位无君子，用心之不一也。"朱熹《诗集传》则云："诗人美君子之用心均平专一。"也有人说，此诗暗藏讥讽，明褒实贬，对"淑人君子"及其子女占尽好处表示不满。如胡淼认为："以'鸤鸠在桑'喻'在上'，其子'在梅''在棘''在榛'喻'在美''在吉''在政'，指出统治集团官官相护，互相勾结，其实都是伪君子，长久不了。"我认同陈子展先生的说法，即认为这首诗就是一首"一群'小人'谄谀干进、歌功颂德之诗"而已。

至于这里的鸤鸠是何鸟，近代学者几乎众口一词，都认为是布谷鸟，即大杜鹃。我认为，就诗论诗，鸤鸠确实应该是杜鹃类的鸟。诗句直接给出的信息是：鸤鸠及其多只雏鸟，各自待在不同的树上。换句话说，雏鸟所在的巢在不同树上。照常理说，同一窝雏鸟，就算刚离巢，也应该待在相互之间距离很近的地方，绝不会一只在这棵树上，而另一只在那棵树上，然后等待亲鸟来喂养。只有像大杜鹃这样的具有巢寄生习性的鸟（注，杜鹃科的鸟通常有此习性），才会把多枚卵分别产在别的鸟的巢中，而且是每个巢中产一枚卵。大杜鹃的雏鸟破壳而出后，出于本能，会竭力用背部将巢中被寄生的鸟的卵或雏鸟拱出巢外，留下自己一个，独享"义亲"带回来的食物。到后来，雏鸟的体形已经远远超过"义父母"，连鸟巢都容不下了，只好出巢待在附近的树枝上。研究表明，大杜鹃会把卵产在一百多种鸟的鸟巢中。这样一来，"鸤鸠在桑"，而其子分别"在梅""在棘""在榛"，就完全说得通了。

至于此诗以鸤鸠起兴,是否如胡淼先生所说具有双关之意,我不敢说,但从"媚上之诗"的角度来说,确实有把高高在上的"淑人君子"比作鸤鸠,而其子民像雏鸟一般分散在各处受其统治的谄媚意味。

不过,古代的经典解释不是这样的。《毛传》:"鸤鸠,秸鞠也。鸤鸠之养七子,朝从上下,莫(注,即"暮")从下上,平均如一。"东汉郑玄笺注:"兴者,喻人君之德当均一于下也。"后用为君以仁德待下的典故。因此,三国曹植在《上责躬应诏诗表》中也说:"七子均养者,鸤鸠之仁也。"但此处令人费解,因为如果鸤鸠是布谷鸟,那么它只负责产卵,而根本不喂养自己的雏鸟,又何来"养子平均"之说?

《诗集传》云:"鸤鸠,秸鞠也,亦名戴胜,今之布谷也。"朱熹认为鸤鸠即"今之布谷",但他又把戴胜与布谷鸟这两种完全不同的鸟混为一谈了。

小云雀

"鸠"缠不清的旅程（下）

穿越堆积了千百年的层层故纸堆，尽量"直视"那遥远的过去，或许一切会变得更简单些。

山斑鸠

/
翩翩者鵻,
烝然来思。
君子有酒,
嘉宾式燕又思。

一对山斑鸠在亲热

/ 谁飞鸣直上云霄?

前面提到《诗经》里出现"鸠"的四首诗,都出自"国风"系列,而这最后亮相的鸠,则出自"小雅",即《小雅·小宛》。这首诗稍稍有点长,跟《豳风·东山》等诗一样,提到了多种动植物,堪称"博物诗"。全诗如下:

宛彼鸣鸠,翰飞戾天。我心忧伤,念昔先人。明发不寐,有怀二人。

人之齐圣,饮酒温克。彼昏不知,壹醉日富。各敬尔仪,天命不又。

中原有菽,庶民采之。螟蛉有子,蜾蠃负之。教诲尔子,式穀似之。

题彼脊令,载飞载鸣。我日斯迈,而月斯征。夙兴夜寐,毋忝尔所生。

交交桑扈,率场啄粟。哀我填寡,宜岸宜狱。握粟出卜,自何能穀?

温温恭人,如集于木。惴惴小心,如临于谷。战战兢兢,如履薄冰。

关于这首诗的主旨,朱熹认为:"此大夫遭时之乱,而兄弟相戒以免祸之诗。故言彼宛然之小鸟,亦翰飞而至于天矣。则我心之忧伤,岂能不念昔之先人哉?"(《诗集传》)后世学者大抵认同这个说法。此诗就近取譬，多方设喻，劝导家人要知规矩、守礼节、勤勤勉勉、谨言慎行，如此才能免于不幸，并对得起先人，"毋忝尔所生"。

诗中提到的鸟有三种，分别是鸣鸠、脊令、桑扈。脊令，即今鹡鸰，最常见的是白鹡鸰；桑扈，是一种蜡嘴雀，通常指黑尾蜡嘴雀。这两种鸟先不提，只说说鸣鸠。严格意义上，并不能说某种鸟叫作"鸣鸠"——这跟"雎鸠"不一样——这里的"鸣"是用来描述鸠的，"鸣鸠"即鸣叫着的鸠，如此而已。

诗的前两句都是在描述这种鸠的行为状态："宛彼鸣鸠，翰飞戾天。"宛，小的样子。翰飞，即高飞。戾，相当于"至"。简译之，即：那小小的鸠，鸣叫着，高飞冲天。别看只是这么简单的描述，其实包含的信息量还是不小的，对于我们破解这里的鸠到底是什么鸟很有帮助。

朱熹认为，鸣鸠，斑鸠也。近现代多数学者也认可这说法。不过，程俊英、蒋见元《诗经注析》引述清代陈奂《诗毛氏传疏》的说法："旧说及《广雅》云斑鸠，非也。斑鸠，鸠之大者。"他们似乎认为，此诗中的鸠不是通常说的斑鸠，而是体形更小的一种鸟。

清代马瑞辰也有类似看法，他先引陆玑《毛诗草木鸟兽虫鱼疏》的说法："鸣鸠，班（注，同"斑"）

鸠也。"接着就发表自己的看法:"班鸠盖非今俗所称班鸠……《吕氏春秋·季春纪》'鸣鸠拂其羽',高诱注:'鸣鸠,班鸠也。是月拂击其羽,直刺上飞,数十丈乃复者是也。'高注《淮南·时则训》亦云:'鸣鸠,奋迅其羽,直刺上飞,入云中者是也。'是鸣鸠实能高飞,诗盖以鸣鸠短尾,似难高举,而翰飞可以戾天,以兴人主当勉于为善。"(《毛诗传笺通释》)

马瑞辰认为"鸣鸠戾天"是"兴人主当勉于为善",与朱熹"兄弟相戒"之说不同,这个不去管它。我关心的是,马氏认为此鸣鸠"非今俗所称班鸠",并引用了东汉高诱对"鸣鸠"的注解,以证明"鸣鸠实能高飞"。说真的,当我看到高诱对于鸣鸠的生动描述("拂击其羽,直刺上飞,数十丈乃复"),脑海中马上出现了云雀(含小云雀等具有类似习性的百灵科鸟类)的形象,这"奋迅其羽",边飞边鸣,直入云中者,非云雀而何?!

云雀与小云雀,均为北方开阔草地上的常见鸟类,比班鸠小,其雄鸟在繁殖季节常为求偶而作炫耀飞行。飞鸣直冲云霄,正是这类鸟的典型习性。在中国南方,常见的是小云雀,我曾多次见到它们飞鸣入云的精彩表演。台湾散文大师兼博物学家陈冠学最爱云雀,称"云雀是晴日里的风铃"。

有趣的是,后来我读胡淼的《〈诗经〉的科学解读》,发现他也认为鸣鸠是云雀、小云雀之类的鸟,顿时感到"心有戚戚焉"。是的,就诗句本身给出的鸟类特性等信息而言,何谓"鸣鸠",云雀乃最好的答案。

翩翩者鵻,野鸠还是家鸽?

本来,关于《诗经》中的鸠,至此已基本讲完了,但《小雅》中还有两首诗,都提到了"翩翩者鵻"。关于这个鵻,学者们几乎都认为是现代鸟类分类学上的鸠鸽科鸟类。可是,新的问题又冒出来了,有人认为鵻是野生的斑鸠,还有人深信鵻是经人工驯养的家鸽。这到底是怎么回事?

先来看诗的原文。第一首,《小雅·四牡》:

四牡骓骓,周道倭迟。岂不怀归?王事靡盬,我心伤悲。
四牡骓骓,啴啴骆马。岂不怀归?王事靡盬,不遑启处。
翩翩者鵻,载飞载下,集于苞栩。王事靡盬,不遑将父。
翩翩者鵻,载飞载止,集于苞杞。王事靡盬,不遑将母。
驾彼四骆,载骤骎骎。岂不怀归?是用作歌,将母来谂。

这首诗的含义并不难懂,基本意思是一位使臣在自叹辛苦:王事没有宁息(即"王事靡盬","盬"音同"古",停止之意),我驾着四匹马拉的马车在路上奔忙,以至于连奉养父母的时间都没有。诗中以"翩翩者鵻"起兴,似乎在说,鸟儿还能自由地飞上飞下,或飞或止,落在丛生的麻栎树上或枸杞丛中栖息,而我却不得歇息!类似的表述在《唐风·鸨羽》中也有:"肃肃鸨羽,集于苞栩。王事靡盬,不能蓺稷黍。父母何怙?悠悠苍天,曷其有所?"

第二首,《小雅·南有嘉鱼》:

南有嘉鱼,烝然罩罩。君子有酒,嘉宾式燕以乐。
南有嘉鱼,烝然汕汕。君子有酒,嘉宾式燕以衎。
南有樛木,甘瓠累之。君子有酒,嘉宾式燕绥之。
翩翩者鵻,烝然来思。君子有酒,嘉宾式燕又思。

这首诗的含义也简单,就是讲款待嘉宾,饮酒作乐。烝(音同"蒸")然,众多的样子。衎(音同"看"),快乐。思、式,都是语气助词,无实义。"翩翩者鵻,烝然来思。"当君子与嘉宾推杯换盏,畅谈甚欢之际,鸟儿翩翩飞来,似乎是来助兴,进一步烘托了欢快、融洽的气氛。

那么这鵻到底是什么鸟?

《毛传》曰:"鵻,夫不也。"《郑笺》:"夫不,鸟之悫谨者,人皆爱之,可以不劳,犹则飞则下,止于栩木。"《毛传》又云:"鵻,壹宿之鸟。"《郑笺》:"壹宿者,壹意于其所宿之木。"朱熹《诗集传》:"鵻,夫不也,今鹁鸠也。凡鸟之短尾者,皆隹属。"

马瑞辰认为鵻即鹁鸠,并引陆玑的说法,说鹁鸠与斑鸠的区别在于:"斑鸠项有绣文斑然,鹁鸠灰色无绣项。"实际上,这里的鹁鸠,也是鸠鸽科的野生鸟类之一种。

那么,《小雅·四牡》为何以鵻起兴呢?

马瑞辰依据《郑笺》"夫不,鸟之悫谨者,人皆爱之"之说,认为:"是知诗以鵻取兴者,正取其为孝鸟,故以兴使臣之'不遑将父''不遑将母',为雏之不若耳。"程俊英、蒋见元在《诗经注析》中引述此说法,当表赞同。

而陈子展认为:"雏为家鸽,正确无疑。……赖有此诗,知我国驯养家鸽之早也。"他根据《郑笺》所云"(雏)人皆爱之,可以不劳""壹意于其所宿之木"的特点,认为:"雏实早为人所爱蓄之驯鸟,可以任其飞止,而有极顽强之归栖性,即所谓壹宿之鸟也。……至王闿运作《补笺》,直云:'雏,祝鸠,今鸽也。'则雏属于鸽形目、鸠鸽科,实为家鸽……(诗)以兴使臣之必不辱使命而归,何等恰切!"(《诗经直解》)向熹、高亨等现代学者,在其《诗经》注本中,也认为雏是鸽子。

尽管如此,我个人认为,在没有更多有说服力的证据之前,还是难以确证在两三千年前我国已经驯养家鸽。相对而言,我还是赞同胡淼在《〈诗经〉的科学解读》中的说法,雏应是黄河流域几种常见斑鸠的通称,如灰斑鸠、山斑鸠、珠颈斑鸠等。

/ 结论：事情原本不复杂

这段"鸠"缠不清的旅程终于快走完了，回过头来想想，其实旅途中的迷雾并没有想象中那么多。那为什么我们现代人理解《诗经》中的鸠如此困难呢？就我个人感受而言，恐怕有两点：其一，受现代汉语词语"斑鸠"的影响，对"鸠"的本义理解存在较大偏差；其二，被两千多年来众说纷纭的注释弄昏了头脑——毕竟大多数人不熟悉鸟类，难以对有关鸟的诗句进行分析，因此常在各种注解与引述之间不知所措。

关于上述第二点，上文已经针对相关诗文进行了详细分析，这里仅就第一点略作补充。其实，至少在上古时期，鸠与现代所说斑鸠并无多大关系。台湾陈冠学先生认为，在周朝的时候，古人就把鸟叫作鸠。这大致是没错的。

让我们再回到旅程刚开始时提到的"郯子朝鲁"的故事。郯子对鲁昭公说：

我高祖少皞挚之立也，凤鸟适至，故纪于鸟，为鸟师而鸟名：凤鸟氏，历正也；玄鸟氏，司分者也；伯赵氏，司至者也；青鸟氏，司启者也；丹鸟氏，司闭者也。祝鸠氏，司徒也；雎鸠氏，司马也；鸤鸠氏，司空也；爽鸠氏，司寇也；鹘鸠氏，司事也。五鸠，鸠民者也。五雉为五工正，利器用、正度量，夷民者也。九扈为九农正，扈民无淫者也。

郯子说，由于他的祖先少皞氏即位时，刚好飞来了吉祥的凤鸟，因此就用鸟名作为官名，其中包括所谓"五鸠""五雉""九扈(音同"户")"等。史载，当时孔子听了郯子的这番宏论后，曾特地跑去向他请教。后来，孔子不禁感慨："天子失官，官学在四夷！"

孔圣人关心的是古代的体制与文化，而我却注意到，在某种意义上，郯子无意中提供了关于上古时期"鸟类分类学"的信息：至少古人区分了"五鸠""五雉""九扈"等不同类型的鸟。由此可见，虽说在古时鸠不能囊括所有的鸟，但包含的范围非常广。

如果我们能抛弃现代的成见，穿越堆积了千百年的层层故纸堆，尽量"直视"那遥远的过去，思考两三千年前人与自然的关系：想象一下，在那个时候，鸟，乃至万物的情态会带给诗人什么样的感受……那么，我相信，一切会变得更简单一些。

黑枕黄鹂

黄鸟喈喈为谁鸣（上）

《诗经》中的"黄鸟"，与宁波人所说的"麻将"，可谓"地位"相当。

棕头鸦雀

棕头鸦雀

葛之覃兮,
施于中谷,
维叶萋萋。
黄鸟于飞,
集于灌木,
其鸣喈喈。

《诗经》里提到的鸟,多数直指其名,至少可以确定为某个科,有时甚至能精确到某种鸟,如鹳、鹤、雁、鹭、隼、鸮、雉、鹊、鹡鸰、鸳鸯等,这些鸟名在现代鸟类分类学中依旧被沿用。

但有少数的鸟,虽然在诗中多次出现,却很难将其明确归类,更不用说确定为具体某种鸟,最明显的就是"鸠"与"黄鸟"。前文已对"鸠"进行了解读,现在来讨论"黄鸟"。

《诗经》中提到"黄鸟"的诗有五首,单就鸟名而言,其被提到的次数排名第一(排名第二的是"雉")。但自古以来,对于"黄鸟"到底是什么鸟,却一直众说纷纭,莫衷一是。

"黄鸟"不止一种鸟

提到"黄鸟"的五首诗分别为:《周南·葛覃》《邶风·凯风》《秦风·黄鸟》《小雅·黄鸟》《小雅·绵蛮》。这些诗对于"黄鸟"的描述各有侧重点,有的强调其鸣声,有的强调其身形,有的强调其习性。古今学者众口一词:这些"黄鸟"肯定不是同一种鸟。我的理解是,"黄鸟"通指羽色偏棕黄的小鸟,它们同属于雀形目,但属于不同的科。

对于身体娇小而偏黄褐的鸟儿,宁波人统一称为"麻将",即麻雀。确实,有很多小鸟跟麻雀长得非常像,对于不曾仔细观察、认真分辨过的人来说,想要把它们一一区别开来,实非易事。我忽然想到,《诗经》中的"黄鸟",与宁波人所说的"麻将",可谓"地位"相当。

下面,让我们对上述五首诗逐一分析,看看其中的"黄鸟"分别有可能是什么鸟,在诗中又起到了什么作用。先来看《周南·葛覃》:

葛之覃兮,施于中谷,维叶萋萋。黄鸟于飞,集于灌木,其鸣喈喈。

葛之覃兮,施于中谷,维叶莫莫。是刈是濩,为絺为绤,服之无斁。

言告师氏,言告言归。薄污我私,薄浣我衣。害浣害否?归宁父母。

先大致解释一下生僻词。覃,藤蔓。萋萋、莫莫,皆茂盛之貌。濩(音同"获"),煮,诗中指煮葛以制衣。斁(音同"亦"),厌憎之意,无斁,即不厌恶、称心。诗的大意是,一名已婚女子准备回家省亲,起程前看到野葛在谷中蔓延,成群的小鸟在灌木丛中飞鸣,于是联想到衣服(以葛为原材料做的),同时嘱咐仆人把衣服洗净整理好,以便穿戴整齐回娘家。

那么这里的"黄鸟"会是哪一类鸟呢?

宋代朱熹《诗集传》:"黄鸟,鹂也。"而现当代学者如余冠英、周振甫、程俊英、高亨、向熹等,有的说是黄雀,有的说是黄莺(即黄鹂),也有的将其定为金翅雀(胡淼《〈诗经〉的科学解读》)。

让我们回到这首诗所描述的鸟儿活动的现场。从时间来看,那时正是植物繁茂的时候,当属春夏温暖时节。从"黄鸟于飞,集于灌木,其鸣喈喈"的具体描述来看,这些小家伙喜欢在灌木丛中成群活动,同时发出"喈喈"的鸣声。我认为,只要符合这个习性,并且春夏时在"周南"之地有分布的偏黄色的小鸟,都有可能是诗人眼中的"黄鸟"。如此推论,则棕头鸦雀、金翅雀等鸟儿都有可能。

而黄鹂(通常指黑枕黄鹂)并无在灌木中结群活动的习性,因此可以排除;跟金翅雀同属于燕雀科的黄雀(指现代鸟类分类系统中的黄雀,而非古时所说的黄雀),在华北一带以冬候鸟为主,故可能性相对较小。当然,《诗经》时代距今两三千年,气候跟现在

不同，鸟类分布也可能不同。这是另外一回事。

若从常见程度来看，则棕头鸦雀的可能性更大。这是一种在国内广泛分布的小鸟，其头顶至上背呈棕红色，尾巴较长。它们活泼好动，喜欢在灌木丛中呼朋唤友，在稍远处亦可听到它们尖锐而细碎的鸣叫声。《台湾野鸟手绘图鉴》如此描述棕头鸦雀："常结群移动，穿越空旷处时，前方个体会等待后方个体抵达后再快速穿越。"这是一个充满温情的细节。

研究中国古典文学的大家余冠英先生说："'黄鸟'三句借自然景物起兴，似乎与本旨无关，但也未必是全然无关，因为群鸟鸣集和家人团聚是诗人可能有的联想。"这个说法很有道理。

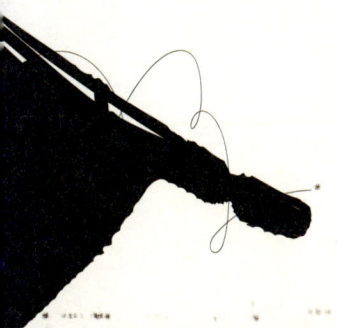

鸟语间关，悲喜在人

再来看《邶风·凯风》与《秦风·黄鸟》，这两首诗中的"黄鸟"，诗人也注重描述其鸣声。那么，这里的鸟鸣分别带给诗人与读者什么样的感受呢？

《邶风·凯风》全诗如下：

> 凯风自南，吹彼棘心。棘心夭夭，母氏劬劳。
> 凯风自南，吹彼棘薪。母氏圣善，我无令人。
> 爰有寒泉？在浚之下。有子七人，母氏劳苦。
> 睍睆黄鸟，载好其音。有子七人，莫慰母心。

凯风，温暖的南风，喻母亲。劬（音同"渠"）劳，操劳。睍睆（音同"现睆"），犹"间关"，鸟儿圆润婉转的鸣叫声；也有人说是美丽、好看的意思（睍，明亮、美好之意）。因此，"睍睆黄鸟，载好其音。有子七人，莫慰母心"的大意就是说，虽然有七个儿子，但依然不能让辛劳的慈母感到欢愉，还不如会唱歌的美丽小鸟呢！

这里的"黄鸟",羽色亮丽,歌喉动听,与黑枕黄鹂的特性高度一致。黑枕黄鹂在国内分布广泛,以夏候鸟为主。这种鸟整体为艳丽的黄色,有明显的黑色眼纹与飞羽,嘴为粉红色。常在树上活动,有时飞下来捕食昆虫;飞行时呈波浪状,振翼缓慢有力。《中国鸟类野外手册》上如此描述黑枕黄鹂的美妙鸣声:"清澈如流水般的笛音……有多种变化。"

黄鹂是中国古诗词中的"明星鸟"。《诗经》之后,歌咏它的诗词不胜枚举,如:"独怜幽草涧边生,上有黄鹂深树鸣。""漠漠水田飞白鹭,阴阴夏木啭黄鹂。""池上碧苔三四点,叶底黄鹂一两声,日长飞絮轻。"……

如果说,《邶风·凯风》中"载好其音"的黄鸟引起了没有侍奉好母亲的子女的羞愧与自责,那么,《秦风·黄鸟》里鸟儿的鸣叫声,则更多了哀伤、愤怒的意味。全诗如下:

交交黄鸟,止于棘。谁从穆公?子车奄息。维此奄息,百夫之特。临其穴,惴惴其栗。彼苍者天,歼我良人!如可赎兮,人百其身!

交交黄鸟,止于桑。谁从穆公?子车仲行。维此仲行,百夫之防。临其穴,惴惴其栗。彼苍者天,歼我良人!如可赎兮,人百其身!

交交黄鸟,止于楚。谁从穆公?子车针虎。维此针虎,百夫之御。临其穴,惴惴其栗。彼苍者天,歼我良人!如可赎兮,人百其身!

黄鸟嘈喈 为谁鸣（上）

这是一首挽歌。《左传·文公六年》云："秦伯任好卒，以子车氏之三子奄息、仲行、针虎为殉，皆秦之良也。国人哀之，为之赋《黄鸟》。"任好，即秦穆公，卒于公元前621年，以177人为之殉葬，其中包括杰出的子车氏三兄弟。此诗一唱三叹，最后说"如可赎兮，人百其身"，意思是说，若能赎回"三良"的性命，宁愿为此死上一百次。

这首诗也以黄鸟起兴。多数学者认为，交交，读为"咬咬"，鸟鸣声。也有学者采纳朱熹《诗集传》的解释："交交，飞而往来之貌。"棘、桑、楚，分别指酸枣树、桑树与荆树。有研究者认为，这里是双关语：棘，急也；桑，丧也；楚，痛楚也。黄鸟一会儿停在酸枣树上，一会儿停在桑树上或荆树上，它们目睹活人殉葬的悲惨场景，似乎也发出了声声哀鸣。

虽然学者们为这里的"黄鸟"是黄雀还是黄鹂而各执己见，但在我看来，结论已经不那么重要。"感时花溅泪，恨别鸟惊心。"在悲愤交加的心情下，无论"黄鸟"唱得多么好听，在诗人看来，都是凄楚之音！

》第 392 页　　棕头鸦雀《图说》第 392—394 页
》第 395 页

黄　雀

黄　雀

黄鸟喈喈为谁鸣(下)

黄鸟喈喈,载好其音。只有自由的鸟儿,才能发出最美的鸣声。

绵蛮黄鸟,止于丘阿。
道之云远,我劳如何。

黄 雀

黄鸟嗜嗜 为谁鸣(下)

黄鸟啄粟，不可与处

上文提到的三首诗中的"黄鸟"，都以鸣声触动了诗人的心，但《小雅·黄鸟》中的鸟儿，却并不善鸣，而是以贪吃的模样出场：

黄鸟黄鸟，无集于榖，无啄我粟。此邦之人，不我肯榖。言旋言归，复我邦族。
黄鸟黄鸟，无集于桑，无啄我粱。此邦之人，不可与明。言旋言归，复我诸兄。
黄鸟黄鸟，无集于栩，无啄我黍。此邦之人，不可与处。言旋言归，复我诸父。

诗的大意是说：背井离乡的人在异邦饱受欺凌、剥削，因此哀叹"此邦之人，不可与处"，不如回归家乡。榖（音同"谷"），楮木。榖（音同"谷"），是"善"或"养"的意思，"不我肯榖"即

"不愿好好对待我"之意。(注,这里的"穀"与"榖",形极近,音相同,请注意分辨)此诗也是三章叠咏,均以黄鸟群集,啄食粟粱的场景开头,引出对客不善的"此邦之人"。这种表现手法,很容易让人想起《魏风·硕鼠》中的诗句:"硕鼠硕鼠,无食我黍!三岁贯女,莫我肯顾。逝将去女,适彼乐土。乐土乐土,爰得我所。……"诗人分别把剥削者比作贪食的"黄鸟"和"硕鼠"。

那么这首诗中的"黄鸟"又会是什么样的鸟?

诗中描述其习性很明确,一是"集",即成群结队;二是"啄粟",即喜欢在田里吃粮食。清代姚际恒在《诗经通论》中说:"黄鸟,黄雀也,非黄莺,莺不啄粟。"这个观点是对的。黄莺,即黄鹂,主食各种昆虫及其幼虫,有时吃一些植物果实;而且,黄鹂是在树上活动的,并不会飞到田里"群集啄粟"。所以,这首诗里的"黄鸟"不会是黄鹂,而是一种黄雀。说起黄雀,大家都会想到"螳螂捕蝉,黄雀在后"这个成语,但成语中的黄雀,是一种能够捕食像螳螂这样大型昆虫的鸟,显然也是一种食虫鸟,其体形一般来说也会比较大——比如像棕背伯劳这样凶猛的鸟——而不会是吃谷物的黄色小鸟。

在现代的鸟类分类学中,哪些鸟符合"羽色偏黄、群集啄粟"的特征呢?其实这样的鸟有不少,麻雀、金翅雀、黄雀(指现代鸟类分类系统中所命名的"黄雀")、白腰文鸟、斑文鸟等鸟儿的习性都接近或符合这个特征。不过,若考虑以下因素,则麻雀、金翅雀、黄雀似可排除：麻雀，在《诗经》中曾出现过，单称为"雀"(《召南·行露》："谁谓雀无角？何以穿我屋？")；金翅雀，主要吃各种草本植物的种子，偶尔取食农作物和昆虫；黄雀，常在树上觅食果实，其他食性与金翅雀相近。而白腰文鸟与斑文鸟这两种常见的文鸟，在谷物成熟时常飞到田里大快朵颐。我曾在秋季的稻田里亲眼见到大量文鸟在一起啄食谷粒，我的一个摄影记者朋友也拍到过文鸟聚集大吃高粱的场景。

因此，我认为，因"群集啄粟"而招人嫌的"黄鸟"，最有可能是白腰文鸟或斑文鸟。白腰文鸟与斑文鸟属于梅花雀科，前者腹部、腰部均为白色，后者腹部多斑纹，无白腰，此乃这两种文鸟的区别所在。文鸟喜欢成群活动，俗称"十姊妹"，又粗又厚的嘴很适于啄食谷物。按照《中国鸟类野外手册》，白腰文鸟最北的分布可达黄河流域，而斑文鸟主要分布在长江以南，后者的分布似乎与《诗经》所产生的地域不符。但在两三千年前，中国的北方地区要比现在温暖得多，因此在黄河流域有斑文鸟分布不是没有可能。

绵蛮黄鸟，行者所羡

《诗经》里最后一次出现"黄鸟"，是《小雅·绵蛮》：

> 绵蛮黄鸟，止于丘阿。道之云远，我劳如何。饮之食之，教之诲之。命彼后车，谓之载之。
>
> 绵蛮黄鸟，止于丘隅。岂敢惮行，畏不能趋。饮之食之，教之诲之。命彼后车，谓之载之。
>
> 绵蛮黄鸟，止于丘侧。岂敢惮行，畏不能极。饮之食之，教之诲之。命彼后车，谓之载之。

这首诗的基本意思并不复杂：目睹小鸟在山边跳来跳去，自由自在，孤独的行役者不禁心生羡慕，感叹自己赶路辛劳，还怕路途艰难，不能到达目的地。此诗一唱三叹，每一节的后四句都是"饮之食之，教之诲之。命彼后车，谓之载之"。不过，对于此四句，各家理解多有不同，主要分两派：有人认为描写的是实景，即在行役者疲劳不堪的时候，有乘车经过的大臣对他施以援手，给他吃喝，让他搭车；也有人认为，这一切只是那位行役者的幻想而已。

再回过头来看这里的"绵蛮黄鸟"。"绵蛮"是什么意思呢？古今注家又有很多分歧了。中国最早的《诗经》注本之一《毛传》："绵蛮，小鸟貌。"宋代朱熹《诗集传》："绵蛮，鸟声。"现代马持盈《诗经今注今译》：“绵蛮，文采缛密的样子。”程俊英、蒋见元《诗经注析》：“绵蛮，文彩貌。”高亨《诗经今注》：“绵蛮，鸟鸣声。”

看，对于"绵蛮"的理解，这里至少有三种说法：一、形容鸟儿之小；二、形容羽毛绵密、羽色好看；三、形容鸟鸣声。不过，就算把这三种含义都考虑进去，对分析这首诗里"黄鸟"的具体种类，所提供的帮助也不大，因为信息量不够，只有关于鸟儿外在特征的粗略描述，而没有习性方面的说明。而符合上述三点的"黄鸟"，可以说有很多种。

从这首诗来说，"黄鸟"所触动诗人之处，既不在于鸣声，也不是"群集啄粟"，而在于其活动的状态。《郑笺》："小鸟知止于丘之曲阿静安之处而托息焉。"郑玄的意思是说，小鸟也知道在山中安静、安全的地方歇息，而公差在身的行役者反而不得休息。

陈子展《诗经直解》说得更清楚："全诗三章只是一个意思，反覆咏叹。先自言其劳困之事，鸟犹得其所止，我行之艰，至于畏不能极，可以人而不如鸟乎？后托为在上者之言，实为幻想，徒自道其愿望。饮之食之，望其周恤也；教之诲之，望其指示也；谓之载之，望其提携也。"

扩而言之，人生旅途，艰难漫长，生无所息，有时候想想，真不如做一只快乐而自在的小鸟！至于这只"绵蛮黄鸟"到底是什么鸟，管他呢！已经不重要了。

/ **黄鸟自鸣唱，千载惹情思**

古人毕竟没有现代鸟类分类学的概念，分不清各种"黄鸟"之间的细微差别，这很正常，不影响诗意的传达。上文对五首诗中的"黄鸟"作了仔细分析，有的可以推测出是某些具体种类的鸟，有的则难以推断。不管怎样，我想，"黄鸟"一定是常见小鸟，因此很容易让诗人触景生情，发而为诗。

大家知道，"比"和"兴"是《诗经》常用的艺术手法。中国古典诗词研究大家叶嘉莹说："兴，就是见物起兴，就是一种感发，你看到一个东西，引起你内心的一种感动，是'由物及心'的过程。"上述五首诗中的黄鸟，至少在四首诗中完全体现为"兴"的作用。唯独在《小雅·黄鸟》里，这个"黄鸟"可以归类为"比"，即诗人直接把"啄我粟"的鸟儿，比作对己不善的"此邦之人"，因此心生归意。但你若说诗人看到黄鸟群集啄粟而心生感慨是一种"兴"，也未尝不可。

鸟儿自鸣自唱，本与人事无关，但处在不同心境中的诗人听到了，却会产生不同的感受。这一点，不仅影响了《诗经》时代的诗人，也深刻影响了后世诗

人。《诗经》之后,黄鸟(乃至相关的黄雀、黄莺等)在中国古典诗词中屡屡出现,遂成经典的艺术意象之一。

有的是直接化用《诗经》中相关典故或用法:

揽涕登君墓,临穴仰天叹。长夜何冥冥,一往不复还。黄鸟为悲鸣,哀哉伤肺肝。

——三国·曹植《三良诗》

忽似上林翻下苑,绵绵蛮蛮如有情。欲啭不啭意自娇,羌儿弄笛曲未调。

——唐·韦应物《听莺曲》

绵蛮黄鸟不堪听,触目离愁怕酒醒。

——唐·韦应物《和夏侯秀才春日见寄》

当然更多的是借景抒情,自咏胸臆:

淑气催黄鸟,晴光转绿苹。忽闻歌古调,归思欲沾巾。

——唐·杜审言《和晋陵陆丞早春游望》

黄鸟翩翩杨柳垂,春风送客使人悲。

——唐·高适《送前卫县李寀少府》

打起黄莺儿,莫教枝上啼。啼时惊妾梦,不得到辽西。

——唐·金昌绪《春怨》

犬依桑下乌犍卧,鸠杂花间黄鸟呼。

——宋·徐端甫《春日田园杂兴》

一春尚未闻黄鸟,玉女峰前第一声。

——清·黄宗羲《五月二十八日书诗人壁》

值得注意的是，很多关于"黄雀"的古诗，是借平凡、微小的鸟儿，来着重表现个人的卑微与无奈，如唐代王维的《黄雀痴》、唐朝诗僧齐己的《黄雀行》、宋代黄庭坚的《黄雀》等。最感人的是曹植的《野田黄雀行》：

高树多悲风，海水扬其波。利剑不在掌，结友何须多？不见篱间雀，见鹞自投罗。罗家得雀喜，少年见雀悲。拔剑捎罗网，黄雀得飞飞。飞飞摩苍天，来下谢少年。

大家都明白，这是曹植借黄雀自伤身世的叹息。黄鸟虽小，个人虽弱，但对于突破尘网，飞向广阔天地的渴望，却是同样强烈的。

黄鸟喈喈，载好其音。只有自由的鸟儿，才能发出最美的鸣声。愿我们也能拥有一颗安静、纯净的心，聆听天籁，感受美好，走自己的路。

金腰燕

燕燕于飞伤离别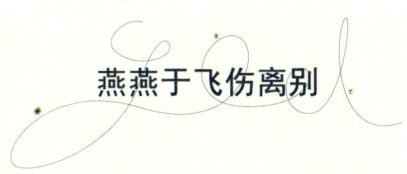

时光又流逝了近千年,我们呢,是否依旧拥有感受自然诗意的能力?

家燕

燕燕于飞,差池其羽。
之子于归,远送于野。
瞻望弗及,泣涕如雨。

家　燕

"燕"字在《诗经》里出现的次数很多,但只有一句诗真正指燕子,那便是《邶风·燕燕》里的"燕燕于飞"。其余的"燕"字,要么是"柔顺、美好"之意,如"燕婉之求,得此戚施"*(《邶风·新台》);要么通"宴",乃宴饮作乐之意,如"我有旨酒,以燕乐嘉宾之心"(《小雅·鹿鸣》)。

当然,燕子这种鸟,在《商颂·玄鸟》里也被提到了,只不过是以"玄鸟"(即黑色的鸟)的"神鸟"面貌出现的。

/ 现实飞燕与神话玄鸟

说来有趣,《诗经》里共两次提到燕子,一次是完全写实的燕子,而另一次则充满神话色彩。先来看写实的飞燕,《邶风·燕燕》全诗如下:

燕燕于飞,差池其羽。之子于归,远送于野。瞻望弗及,泣涕如雨。

燕燕于飞,颉之颃之。之子于归,远于将之。瞻望弗及,伫立以泣。

燕燕于飞,下上其音。之子于归,远送于南。瞻望弗及,实劳我心。

仲氏任只,其心塞渊。终温且惠,淑慎其身。先君之思,以勖寡人。

这是一首情景交融的送别诗,这一点自古无异议。古往今来,大家所争论的,乃是谁送谁的问题。对此,主要有两种说法:其一,如宋儒朱熹所言,"戴妫(音同"归")大归于陈,而庄姜送之,作此诗也";其二,则认为是卫国国君送别远嫁的妹妹。此外,也有人说:"此诗作者当是年轻的卫君。他和一个女子原是一对情侣,但迫于环境,不能结婚。当她出嫁旁人时,他去送她,因作此诗。"(高亨《诗经今注》)

我们这里重点讨论的是鸟类,至于到底是谁送谁,且不去管它。这首诗共四章,前三章都以"燕燕于飞"起兴,把燕子飞鸣的状态描述得非常形象、真切。所谓"差(音同"疵")池其羽","差池"即参差不齐之意,是说燕子的翅膀、尾巴在飞行时长短交错;所谓"颉(音同"协")之颃(音同"杭")之",是说燕子上飞(颉)、下飞(颃),飘忽不定;所谓"下上其音",是说燕语呢喃,边飞边鸣。

根据诗里的描述,我们可以想象:在一个美好的春日,郊外的燕子轻快地飞掠、鸣唱,送别的路尽管走了一程又一程,但终有告别的时候,因此"瞻望弗及,泣涕如雨"……这就是所谓"以乐景写哀"。朱熹称赞说:"譬如画工传神一般,直是写得他精神出。"(《朱子语类》)清代诗人王士禛则称此诗为"万古送别诗之祖"(《分甘余话》)。

再来看《商颂·玄鸟》,前几句说:"天命玄鸟,降而生商,宅殷土芒芒。古帝命武汤,正域彼四方。"其大意是:"上天命令燕子降临人间,从而诞生了商的始祖契,人民居住在广袤的殷土。古时的上帝命令成汤,征服、治理天下四方。"一般认为,此诗是宋君祭祀殷代祖先的乐歌。陈子展在《诗经直解》说:"今读是诗,觉其具有史诗性质。诗中人物为半神半人之英雄人物,所叙史事亦杂有神话传说之成分。《列女传》云:'契母简狄者,有娀(音同"松")氏之长女也。当尧之时,与其妹娣浴于玄邱之水,有玄鸟含卵过而坠之,五色甚好。简狄与其妹娣竞往取之。简狄得而含之,误而吞之,遂生契焉。'"也就是说,契是其母简狄吞下燕卵后生下的。

/ 乡村观燕,细品诗意

让我们暂时离开《诗经》,来到现实中的乡野,实地欣赏灵动的飞燕。中国的燕科鸟类有十几种,最常见的有两种,即家燕与金腰燕。这两种燕子在我国绝大部分地区属于夏候鸟,大小、外形都比较接近,一般人不细察的话,可能会误认为是同一种燕子:反正都是黑色的(其实是蓝黑色),尾羽都呈剪刀形。

实际上,它们长得并不相同:家燕的腹部偏白,腰部跟背部一样为深色;而金腰燕,顾名思义,其腰部为金色,其胸腹部有很多纵纹。这两种燕子与人类最为亲近,均筑巢于屋檐之下。据我观察,不少家燕还在城市中筑巢,而金腰燕似乎只在乡村垒窝——不知道古代的情况是否也是这样。两种燕子的巢的形状也不一样,家燕的巢如碗状,开口向上;而金腰燕的巢通常如半个葫芦,开口在侧面的葫芦口,小而圆。

2018年4月初,我到宁波奉化的乡村去观鸟。那里有个叫竺家村的地方,村外有很多藕田。那时入春未久,新荷尚未萌生,大片的藕田相当于浅水湿地,黑水鸡、白鹭等鸟儿在田中觅食。两只黑水鸡的雄鸟还为地盘或配偶争斗了起来,你追我赶,弄得水花飞溅。这地方想必飞虫很多,因此有几十只家燕在低掠捕虫,偶尔碰一下水面。

家燕并不怕人,可以近距离观赏。不过,其翩翩飞行的姿势虽然好看,要用相机抓拍其飞行瞬间却绝非易事。拍飞鸟,自然是鸟儿越大,飞行越慢,越好拍,而燕子实在太小,飞得太快。这也算了,关键是它们飞行的轨迹过于飘忽,完全没有办法预判其下一秒的方位:它们忽高忽低,转弯迅速而且毫无预兆。当时,"燕燕于飞,差池其羽""颉之颃之""下上其音"……这些诗句自然而然跳到了我的脑海里,觉得古人写得太生动形象了。

我以前多次尝试抓拍飞燕,但成功率极低。这一次,刚好有冷空气来,气象台发布了大风黄色预警,旷野的风尤其大,呼呼作响。家燕们逆大风飞翔,灵巧的身姿依旧那么优美。燕子迎风低飞,速度稍慢,给了我抓拍成功的机会。我站在田埂上拍了约两个小时,当燕子从身边掠过时,我甚至可以用肉眼看到,其蓝黑色的背部在阳光下泛着金属光泽。

同年4月中旬,我带孩子们到四明山一个名叫藤岭的小山村观燕,那里有大量金腰燕,也有少量家燕。那天我们还见到了特别感人的一幕:一只家燕不知何时误入了二楼的室内,而屋主关窗出门了。只见窗内的燕子焦急地扑腾,窗外则有只家燕每隔几分钟就来探望,同样焦急万分地在窗玻璃前扑腾,有时甚至可以看到两只燕子在隔窗对视。这一定是一对燕子爱侣。没想到燕子是这么重感情的鸟儿,孩子们都被感动了。我们找到了屋主的邻居,请他转告主人,回家后务必立即开窗,放燕子出去。当时,我忽然想到,如果写"燕燕于飞"的那位古代诗人也看到这一幕,不知他(她)会作何感想。

落花人独立，微雨燕双飞

"燕燕于飞，差池其羽""瞻望弗及，伫立以泣"等语所营造的深婉动人的送别情境，对后世影响巨大。《诗经》之后，春来秋去、身姿灵巧而又为人所习见的燕子，遂成为一种经典意象，往往与春天的美好、离别的伤痛、人事的变迁等相关联，在中国古典诗歌中比比皆是。如：

自来自去梁上燕，相亲相近水中鸥。

——唐·杜甫《江村》

旧时王谢堂前燕，飞入寻常百姓家。

——唐·刘禹锡《乌衣巷》

几处早莺争暖树，谁家新燕啄春泥。

——唐·白居易《钱塘湖春行》

无可奈何花落去，似曾相识燕归来。小园香径独徘徊。

——宋·晏殊《浣溪沙》

记得画屏初会遇。好梦惊回，望断高唐路。燕子双飞来又去。纱窗几度春光暮。

——宋·苏轼《蝶恋花》

满地芦花和我老，旧家燕子傍谁飞？从今别却江南路，化作啼鹃带血归。

——宋·文天祥《金陵驿二首（其一）》

而在诗的意境上与《邶风·燕燕》最为神似的，或许当属"落花人独立，微雨燕双飞"之句。这两句诗最早出自唐末翁宏的《春残》一诗：

又是春残也，如何出翠帏。落花人独立，微雨燕双飞。寓目魂将断，经年梦亦非。那堪向愁夕，萧飒暮蝉辉。

可惜翁宏的诗并不为人所熟知，北宋著名词人晏几道化用了这两句诗，才使其成为千古名句，见《临江仙》：

梦后楼台高锁，酒醒帘幕低垂。去年春恨却来时。落花人独立，微雨燕双飞。

记得小蘋初见，两重心字罗衣。琵琶弦上说相思。当时明月在，曾照彩云归。

从"燕燕于飞……瞻望弗及"到"落花人独立，微雨燕双飞"，当中已隔了一千几百年，但人类的情感并未有丝毫的改变，诗人感受自然、传达诗情的能力也没有消减。从晏几道（1038—1110）到现在，时光又流逝了近千年，我们呢，是否还依旧拥有这种能力？

环颈雉（雄）

野雉朝雊传爱意(上)

《诗经》里跟爱情、婚姻关联度最高的鸟,是哪一类?

环颈雉(雄)飞行
/ 戴美杰 摄

环颈雉（雄）

/
雄雉于飞，下上其音。
展矣君子，实劳我心。

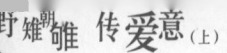

《诗经》里提到最多的鸟是哪一类？《诗经》里跟爱情、婚姻关联度最高的鸟又是哪一类？

答：都是雉科鸟类，也就是我们通常说的雉鸡、野鸡、山鸡之类。

跟随处可见的各种"黄鸟"一样，雉鸡类的鸟，或许也是先民们最注意的鸟儿。《诗经》里至少有八首诗直接提到了它们——所谓"直接"，就是在诗中以鸟类本身的样子出现——而如果加上与雉鸡相关（如羽毛、服饰等）的诗，则超过十首。因此，在《诗经》中，就提到的次数而言，雉科鸟类远超其他鸟儿。

另外，在《诗经》里，草木鸟兽引起诗人的感发，往往具有随机性，不过也有例外。比如说，当以雉起兴的时候，往往跟婚事有关，几乎形成一种固定搭配。

/ 家鸡不是鸡

十几年前我开始喜欢观鸟的时候，曾听资深鸟友说过一句很俏皮的话，叫作"家鸭不是鸭"。意思是说，在观鸟爱好者看来，野鸭才是值得去寻找、观赏、拍摄的鸭子。所以，我在这里套用这句话，改为"家鸡不是鸡"。家养的鸡是数千年前由原鸡驯化而来的。如今，在国内，原鸡依然存在，不过它们主要分布于云南、广西、广东、海南等地的热带常绿灌丛及次生林，跟遥远的古代相比，其分布范围已大大缩小了。

顺便说一句，《诗经》里提到了家鸡（见《女曰鸡鸣》《鸡鸣》等诗），但没有提到过家鸭，连鹜（音同"务"）这个字也没有出现过，只有凫（即野鸭）。鹜即鸭子，很多时候指家鸭，如屈原《卜居》中这两句著名的话："宁与黄鹄比翼乎？将与鸡鹜争食乎？"

既然"家鸡不是鸡"，那么我们再回过头考察一下在《诗经》里有哪些野鸡，即野生雉科鸟类。先来说一下"雉"这个字，它从矢从隹（音同"追"），"矢"即箭，同时也用作长度计量单位，成语"一箭之地"就是形容距离不远；而"隹"就是鸟的意思。因此，在后世，"雉"主要有两个含义。其一，特指野鸡，它们不善飞行，而且除鹌鹑外，中国的60多种雉科鸟类都是不迁徙的留鸟。《中国鸟类野

105

外手册》是这样形容的:"雉科鸟类常栖居地面,两翼短圆而尾长,广布于全世界。雄鸟多羽色艳丽而雌鸟色暗。营巢于地面但夜栖树上。一些种类叫声嘹亮。许多种类有振翅或抖动的炫耀行为。……受激时才起飞,通常是短距离,但善行走。"其二,"雉"被引申为城墙面积计算单位,即以长三丈高一丈为一雉,另有"雉堞"一词。

综合现有的研究成果,《诗经》里涉及多种雉科鸟类,既有常见的环颈雉,有不大常见的鹌鹑,也有比较珍稀的鸟种如白冠长尾雉等(注,以上所谓常见、稀有程度均以现代而言)。

在详述之前,先说个概况。《诗经》里直接提到雉科鸟类的八首诗及提到的鸟名如下:

《邶风·雄雉》:雉

《邶风·匏有苦叶》:雉

《鄘风·鹑之奔奔》:鹑

《王风·兔爰》:雉

《魏风·伐檀》:鹑

《小雅·斯干》:翬

《小雅·小弁》:雉

《小雅·车辖》:鷮

另外,还有几首诗跟雉科鸟类有关联,详见下文。

雉鸣求其雌

《诗经》里有"爱情鸟"吗？它们是谁？

我估计，很多人首先想到的是雎鸠。"关关雎鸠，在河之洲。窈窕淑女，君子好逑。"这多有名啊！没错，雎鸠当然是《诗经》里著名的"爱情鸟"，但它的出名，估计更多地跟《关雎》一诗为《诗经》首篇且为大家所熟知有关。

其次，有人会说，鸳鸯可以算上。是的，也没错，"鸳鸯于飞，毕之罗之。君子万年，福禄宜之"，《小雅·鸳鸯》正是一首祝贺新婚的诗。

但我要说，若论"人气指数"（在《诗经》时代的诗人眼里），《诗经》"爱情鸟"中排名第一的绝对是雉鸡类的鸟。

《邶风·匏有苦叶》里提到"雉鸣求其牡"（牡，指雄性的鸟兽），就是说"雌雉鸣叫是为了求雄雉"。关于此诗的解读详见《雍雍鸣雁盼君来》，这里不再赘述。

且看《邶风·雄雉》：

雄雉于飞，泄泄其羽。我之怀矣，自诒伊阻。
雄雉于飞，下上其音。展矣君子，实劳我心。
瞻彼日月，悠悠我思。道之云远，曷云能来？
百尔君子，不知德行。不忮不求，何用不臧？

此诗共四章，前三章都容易理解，对第四章的

含义,历来却说法不一,争议较大。尽管如此,也并不影响我们对此诗大意的了解。通常认为,这是女子思夫之诗。丈夫远行在外,迟迟不归,妻子日夜思念,乃至心烦意乱,故诗中以女子口吻说"实劳我心"。前两章均以"雄雉于飞"起兴,其实在现实中,雄雉的这些行为都跟求偶有关。所谓"泄泄(音同"亦")其羽",是指雄性雉鸡舒缓地鼓翅而飞的样子;而"下上其音",是指雄性雉鸡响亮的咯咯鸣叫声。雄雉正是通过这些"炫耀"行为,来展示自己的"健美",并宣示自己的领地,以此来争取获得雌鸟的青睐。诗中以此起兴,其实是在暗示:连雄鸡都知道求偶,为何"君子"你一点都不恋家?

再看《小雅·小弁》(此诗解读详见《瞻乌爰止辨吉凶》一文)中的诗句:

鹿斯之奔,维足伎伎。雉之朝雊,尚求其雌。譬彼坏木,疾用无枝。心之忧矣,宁莫之知?

《邶风·匏有苦叶》里提到"雉鸣求其牡",而此诗中说"雉之朝雊(音同"够",鸣叫),尚求其雌",意思是差不多的。可见,在当时的诗人看来,雉鸣求偶乃是常见现象,故屡屡以此起兴。

《诗经》中有四首诗提到了"雉",以上三首诗中提到的雉鸡,都与求偶、婚姻有关,只有《王风·兔爰》一诗中的"雉"与婚姻无关,诗中说:"有兔爰爰,雉离于罗。"意思是说,野兔自由自在,而野鸡却落入了罗网。

对于以上诗中提到的"雉",历来学者都将其解释为中国分布最广、数量最多,因此也最常见的野鸡,即《中国鸟类野外手册》中所说的"雉鸡"。这种鸟在全国各地有好多亚种,不少地方的亚种的雄鸟颈部有一道白环,因此通常被称为"环颈雉"。

在野外拍鸟时,有时在草地上走着走着,忽然"扑棱棱"一声,前面突然飞起一个笨重的家伙,还拖着一个长尾巴,由于猝不及防,常把人吓得心脏怦怦乱跳。这就是环颈雉了。有一年春天,我躲在近处用望远镜仔细观察一只环颈雉雄鸟,只见这只脸部绯红的"大公鸡"拖着长长的尾羽,不慌不忙地在草丛里行走,其脖颈到胸前的羽毛特别华丽:蓝紫、雪白、暗红,在阳光下隐约有金属光泽。突然,它停住了,猛力鼓动双翅,同时发出"咯咯"的大叫声。这一幕跟《诗经》中描写的场景很像。

》第402页

野雉朝雏传爱意(下)

春风得意的新郎看到了什么?哦,原来是漂亮的长尾野鸡。

白冠长尾雉(雄)

/
如跂斯翼,
如矢斯棘,
如鸟斯革,
如翚斯飞,
君子攸跻。

/ 迎亲见美䳡

《诗经》中还有一种雉科鸟类跟婚姻有关,那就是䳡(音同"交"),一种长尾野鸡,它亮相于《小雅·车辖》。我觉得这是一首非常有情趣的诗,因此虽说它有点长,但还是全诗录于下:

间关车之辖兮,思娈季女逝兮。匪饥匪渴,德音来括。虽无好友,式燕且喜。
依彼平林,有集维䳡。辰彼硕女,令德来教。式燕且誉,好尔无射。
虽无旨酒,式饮庶几。虽无嘉肴,式食庶几。虽无德与女,式歌且舞。
陟彼高冈,析其柞薪。析其柞薪,其叶湑兮。鲜我觏尔,我心写兮。
高山仰止,景行行止。四牡騑騑,六辔如琴。觏尔新婚,以慰我心。

这首诗描写了一名男子驾着马车前往娶亲时的欢快心情，由于娶到了称心如意的美丽新娘，他这一路上越想越开心，看什么都觉得好，看什么都觉得跟新婚有关。

间关，指马车前进时发出的声音。辖，车轴头的铁键。娈，妩媚可爱。季女，少女。逝，往，指出嫁。"匪饥匪渴"，意即从此不用再如饥似渴地相思，《诗经》中常以"饥渴"隐指男女性事。因此，诗的第一章就是讲他驾车出发，去迎娶既妩媚又有美德的少女。

第二章一开头说："依彼平林，有集维鷮。"这位春风得意的新郎看到了什么？哦，原来是平野上有一片树林，漂亮的长尾野鸡正栖息在那里。为什么此章以此起兴？不少学者认为，这是暗指诗人（新郎）联想到美丽的新娘还住在父母家里，正等着他到来。

那么，这里的"鷮"，具体会是哪一种长尾野鸡呢？

晋郭璞注《尔雅》、汉许慎《说文解字》、三国陆玑《毛诗草木鸟兽虫鱼疏》等古籍均说，鷮为长尾雉，走且鸣。明代李时珍在《本草纲目》中还说，由于鷮这类鸟尾巴特别长，因此"南方隶人，多插其尾于冠"。

那么，符合以上特征的雉科鸟类（还得加上在中国北方有分布、排除环颈雉等条件），会是什么鸟呢？其实，这个问题已经变得相当简单了，它最有可能是白冠长尾雉。甚至，如果按照现代的中国雉科鸟类分布情况，可以说只有可能是白冠长尾雉。至于在遥远的古代，会不会有白腹锦鸡（尾羽也特别长，现分布于中国西南部）在我国中北部地区分布，那就不得而知了。

前几年，我曾到位于河南信阳的董寨国家级自然保护区拍鸟，经过多次耐心守候，终于拍到了珍稀的白冠长尾雉的雄鸟与雌鸟。白冠长尾雉是中国特有种。其雄鸟的尾羽确实非常长，也特别漂亮。可惜，就是因为长了这么好看的长尾巴，导致这种鸟变得日益稀少。正如《中国鸟类野外手册》中所说："（白冠长尾雉）数量稀少，且在过去50年中由于栖息地的丧失和对其长尾羽的采集而分布范围日趋狭窄。"其"长长的尾羽常被用作京剧的艳丽头饰"，比如插在美猴王头上的神气的野鸡毛，通常就来自白冠长尾雉雄鸟的尾羽。

/ **鹑鹑居常匹**

上文说到的环颈雉也好,白冠长尾雉也好,其雄鸟的尾羽都很长,不过在《诗经》中,还提到了一种尾巴很短的雉科鸟类,也跟婚姻有关,它就是鹌鹑。

鹑作为鸟名,在《诗经》的三首诗里出现。其中,《小雅·四月》云:"匪鹑匪鸢,翰飞戾天。"这里的"鹑",读音同"团",指的是雕这一类的猛禽(详见《北林晨风忧思长》一文)。而在另外两首诗中,"鹑"才是指鹌鹑。

先来看《鄘风·鹑之奔奔》:

鹑之奔奔,鹊之强强。人之无良,我以为兄。
鹊之强强,鹑之奔奔。人之无良,我以为君。

通常认为,这首诗是讽刺卫国的宫廷秽乱丑事的。当初,卫宣公霸占儿媳宣姜为妻,而在卫宣公死后,宣姜又与公子顽通奸。时人认为他们禽兽不如,故作诗讽刺(一说此诗作者为公子顽的弟弟)。

此诗两章,分别以"鹑""鹊"起兴。古人认为,鹌鹑、喜鹊都有固定配偶,因此诗中借以反讽卫宣公、宣姜等人的淫乱行为。奔奔,跳跃奔走的样子,一说也是飞翔之意。强强,翩翩飞翔。奔奔、强强,都是形容鹑鹊"居有常匹,飞则相随"的样子。

显然,《鄘风·鹑之奔奔》中提到的鹌鹑,直接跟

婚姻有关。至于《魏风·伐檀》中的鹌鹑,则跟婚姻无关,而是以猎物的面目出现的。其诗第三章云:

坎坎伐轮兮,置之河之漘兮。河水清且沦猗。不稼不穑,胡取禾三百囷兮?不狩不猎,胡瞻尔庭有县鹑兮?彼君子兮,不素飧兮!

对于这首诗,想必大家都很熟悉。至少在我读中学时,它曾入选语文课本。诗中说:"(你们)不用出狩不去打猎,为啥看到你们的庭院里挂满了鹌鹑?这些大人先生们啊,可真不白吃饭啊!"

现在人工养殖的鹌鹑很多,想必大家都吃过,而在古代,鹌鹑显然也是常见的猎物。鹌鹑个子不大,全长只有20厘米左右,是一种喜欢在荒草地活动的雉科鸟类。我在野外曾多次见到鹌鹑,感觉这鸟长得像个矮圆的小胖子,看上去也就比成人的手掌略大些。它们行动轻巧诡秘,小心翼翼,而且具有极好的保护色——全身羽毛布满黑、黄、褐、白等交错条纹,绝对是天然的迷彩服,跟草丛浑然一体——因此,不留神的话,是很难发现它们的。跟环颈雉一样,鹌鹑轻易不起飞,一受惊扰,就往草里钻。有一次,我看到有只雄鸟蹲在草丛里,躲在一边拍了好久,忽然看到它身边一动,天哪,它身边居然还趴着一只雌鸟!雌鸟的体色与枯草完美地融合在一起,它若不动,我根本发现不了它。显然,这是一对夫妻。它们的行为,倒还真的体现了"居有常匹,飞则相随"。

/ 宫殿如翚飞

小结一下,《诗经》中至少有五首诗提到的雉科鸟类跟爱情、婚姻有关,涉及三种鸟:环颈雉、白冠长尾雉和鹌鹑。下面,我们再来看《诗经》中提到的另外一种雉科鸟类,其名为"翚"(音同"灰"),见《小雅·斯干》第四章:

> 如跂斯翼,如矢斯棘,如鸟斯革,如翚斯飞,君子攸跻。

这首诗中的句子,我第一次见到是在鲁迅的《社戏》中:

> 那地方叫平桥村,是一个离海边不远,极偏僻的,临河的小村庄;住户不满三十家,都种田,打鱼,只有一家很小的杂货店。但在我是乐土:因为我在这里不但得到优待,又可以免念"秩秩斯干幽幽南山"了。

鲁迅所说的"秩秩斯干,幽幽南山",正是《小雅·斯干》第一章的开头两句。这是一首祝贺周宣王宫室落成的诗,诗中赞美了宫殿的建筑之美,并祝福王室成员从此可以在这里安居,多子多福。

而"如鸟斯革,如翚斯飞",就是形容宫室之壮丽的句子。革,即翅膀。故《小雅·斯干》第四章可如此翻译:"堂屋端正如人立,棱角分明直如箭,宽敞好似鸟翼展,富丽更比锦鸡艳,君子升堂心欢喜。"(向

熹《诗经译注》）

通常，人们直接把"翚"解释为野鸡、山鸡，均为泛指。而在这里，现代学者向熹把"翚"解释为锦鸡。他采纳了《郑笺》的说法："伊洛而南，素质，五色皆备成章曰翚。"所谓"素质""五色皆备"，即鸟的底色为白色，同时又具有五种艳丽的色彩。胡淼在其《〈诗经〉的科学解读》中认为，"翚"应该是指白腹锦鸡。如上文所说，白腹锦鸡目前在中国的分布区域很小（分布相对较广的是红腹锦鸡），但在古代很可能分布较广，因此认为翚是白腹锦鸡，也不是没有道理。此外，也有学者认为翚是绿尾虹雉这一类的鸟。

最后提一下，《诗经》中还有三首诗跟雉科鸟类有关联。这三首诗都提到了一个字，即"翟"。"翟"是一个多音字，作为姓氏的时候念"宅"，含义为雉羽的时候念"敌"。重点来看一下《邶风·简兮》：

简兮简兮，方将万舞。日之方中，在前上处。
硕人俣俣，公庭万舞。有力如虎，执辔如组。
左手执籥，右手秉翟。赫如渥赭，公言锡爵。
山有榛，隰有苓。云谁之思？西方美人。彼美人兮，西方之人兮。

这首诗描写了盛大的舞蹈场面。简，指开舞前的击鼓声，一说武勇之貌。万舞，舞蹈名，先武舞（舞者手拿兵器），后文舞（舞者手拿鸟羽和乐器）。俣俣（音同"雨"），魁梧健美的样子。籥（音同"月"），为古乐器，"如笛而六孔，或曰三孔"（朱熹《诗集

传》）。翟，就是指野鸡的长尾羽。

诗的第三章的大意是说：那魁伟的舞师（硕人），在舞蹈时左手拿着乐器，右手拿着野鸡毛，面色通红如傅丹，可谓器宇轩昂、神采飞扬。公侯看得高兴，连呼"快快赐酒"。

不仅公侯赞赏他，连在场观舞的一名女子也悄悄爱上了他。故曰："云谁之思？西方美人。"意思就是说："我在思念着谁呢？就是这位来自西方的帅哥啊！"

"翟"在另外两首诗中也出现了，分别是《鄘风·君子偕老》中的"玼兮玼兮，其之翟也"和《卫风·硕人》中的"翟茀以朝"。"其之翟也"之"翟"，指的是绣着野鸡彩色羽毛图案的服装；而"翟茀"指的是以雉羽为饰的车帷子。因此，"翟"在《诗经》中都不是以鸟类本身的面貌出现的，而是以羽毛或相关图案的形象出现。

总而言之，《诗经》中出现的雉科鸟类是非常多的，这跟我国的雉科鸟类资源特别丰富有关（不少种类还属于中国特有种）。诚如《中国鸟类野外手册》中所说，"中国是雉科鸟类的辐射中心"。在《诗经》时代，先民生活于生态环境比较原始的山林水泽之间，见到不善飞行的雉鸡的概率很高，所以频频以其入诗，也就不足为奇了。

棕背伯劳

七月鸣鹏农事忙

在现代人看来,古籍中令人费解的怪异鸟名实在是太多了。

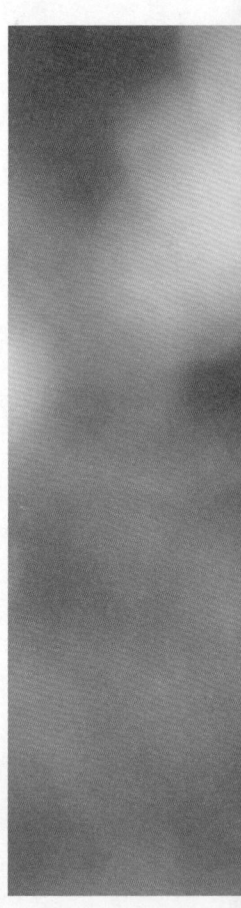

红尾伯劳

黑枕黄鹂
／ 徐冠裕 摄

／
春日迟迟，
卉木萋萋。
仓庚喈喈，
采蘩祁祁。

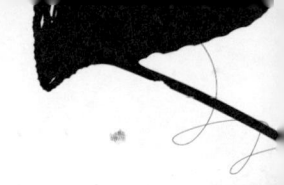

在现代人看来，古籍中令人费解的怪异鸟名实在是太多了，光在《诗经》中，就有鹙、鹈、鹥、鸮、鹑、鸱、脊令等一大把，而且，有趣的是，这些稀奇古怪的名字居然大部分还沿用下来了。

这里要讲的，就是另外两个奇怪的名字，分别是䴗（音同"局"）与仓庚，它们都出自《诗经·豳风·七月》。"䴗"在现代鸟类命名体系中还是延续了下来，尽管意义跟最初的有所不同；而"仓庚"则永远留在了古文中。

/ 是农事诗，也是博物诗

《豳风》中有两首著名的长诗，一首是《七月》，另一首是《东山》。在我看来，它们都是"博物诗"，因为诗中都提到了大量的动植物。这里先讲《七月》，有关《东山》中的鸟类解读详见《室外鹳鸣今何在》。

《豳风》是豳（音同"彬"）地一带的民歌。豳是古邑名，大致在今陕西彬县、旬邑县一带。《七月》其实也是"国风"系列中最长的诗，全诗共8章，88句。下面仅摘录前5章：

七月流火，九月授衣。一之日觱发，二之日栗烈。无衣无褐，何以卒岁？三之日于耜，四之日举趾。同我妇子，馌

彼南亩。田畯至喜。

七月流火，九月授衣。春日载阳，有鸣仓庚。女执懿筐，遵彼微行，爰求柔桑。春日迟迟，采蘩祁祁。女心伤悲，殆及公子同归。

七月流火，八月萑苇。蚕月条桑，取彼斧斨，以伐远扬，猗彼女桑。七月鸣鵙，八月载绩。载玄载黄，我朱孔阳，为公子裳。

四月秀葽，五月鸣蜩。八月其获，十月陨萚。一之日于貉，取彼狐狸，为公子裘。二之日其同，载缵武功。言私其豵，献豜于公。

五月斯螽动股，六月莎鸡振羽。七月在野，八月在宇，九月在户，十月蟋蟀入我床下。穹窒熏鼠，塞向墐户。嗟我妇子，曰为改岁，入此室处。

《七月》被认为是中国最古老、最杰出的农事诗，它反映了约3000年前（西周早期）豳地农民一年四季的劳动、生活情况，不但具有很高的文学价值，同时也有极高的史料价值。

在博物方面，仅就上面所引五章而言，就涉及天象及很多野生动植物。有必要先说说天象"七月流火"。现在很多人误用了这四个字，以为"七月流火"就是盛夏时节热得要命的意思。其实不然。这里的"七月"用的是夏历，相当于公历的8月乃至9月了，此时已处于夏末。而"流火"的"火"，是指"大火"星，即天蝎座 α 星。它是天蝎座里最亮的一颗星，呈火红色，故中国古代天文学称之为"大火"星,又叫"心宿二"。此处的"流",则是下、落的意思。夏历五月,"大火"位于正南方,位置最高,而到了六七月,它的位置已逐渐西落,古人把这种现象称作"七月流火",意思是天气要逐渐转凉了。

  限于篇幅,植物不说了,上引五章中提到的野生动物有哪些呢?依出场顺序,它们分别是:仓庚、䴕、蜩、貉、狐、狸、豵(豜)、斯螽、莎鸡、蟋蟀、鼠。上述共11种,其中昆虫4种,均为鸣虫:蜩(音同"条"),即蝉;斯螽,现在称为"螽斯",北方俗称"蝈蝈";莎鸡,即纺织娘;蟋蟀,古今同名。哺乳动物即兽类5种:貉(音同"和"),即成语"一丘之貉"的"貉",一种犬科貉属的动物;狐,即今之狐狸;狸,一种中小型野生猫科动物(原本狐是狐,狸是狸,属于不同的动物);豵(音同"宗")与豜(音同"间"),都是指野猪,前者指小猪,后者指大猪;鼠,古今同名,通常指褐家鼠。鸟类2种,即仓庚与䴕,需要在下文中详细说说。

春日载阳鸣仓庚

"仓庚"作为鸟名,在《诗经》中共出现了三次:

《豳风·七月》:"春日载阳,有鸣仓庚。……春日迟迟,采蘩祁祁。"

《豳风·东山》:"仓庚于飞,熠耀其羽。"

《小雅·出车》:"春日迟迟,卉木萋萋。仓庚喈喈,采蘩祁祁。"

由上文可见,这三首诗对仓庚的描述有明显的内在连贯性。首先,其中两首诗都出自《豳风》,说明豳地人民眼中的仓庚具有以下两个主要特征:一、春天时的鸣叫声很好听;二、飞起来的时候,羽毛非常鲜艳亮丽("熠耀其羽")。其次,《小雅·出车》中的相关诗句与《豳风·七月》中的句子高度相似,对于仓庚的描述也是强调了这种鸟儿的鸣声,而且从所引诗句来看,其节奏比较欢快,也暗示着仓庚的鸣声非常动听。

那么,仓庚到底是什么鸟?对此,古今研究者几乎没有异议,都说仓庚即黄鹂或黄莺。实际上,我相信在学者眼里,黄鹂与黄莺其实为同一种鸟,它们都满足了"鸣声动听、羽色鲜亮"这两个条件。现代学者已明确指出,《诗经》中的"仓庚"就是现在所说的黑枕黄鹂。我觉得这很有道理。

在现代鸟类分类学中,中国野生鸟类中并没有一种鸟被称为"黄莺",而"黄鹂"则有之,在《中国鸟类野外手册》中共有四种鸟被冠以黄鹂之名,分别是:黑枕黄鹂、金黄鹂、细嘴黄鹂与黑头黄鹂。它们都具有金黄的羽毛,也拥有家族性的动人鸣声。不过,按照《中国鸟类野外手册》提供的这四种黄鹂在中国境内的分布图,金黄鹂只分布在我国的极西部(如新疆西北部等);细嘴黄鹂只分布在我国西南的少部分地区(如云南);而黑头黄鹂分布区域更窄,见于西藏东南部与云南西部;只有黑枕黄鹂在大半个中国都有分布,是我国境内最容易见到的一种黄鹂。虽说三千年前的气候与环境均与当代不同,物种的分布也肯定与现在不一样,但以相对常见的黑枕黄鹂来解释仓庚,显然是比较合理的。

在《黄鸟喈喈为谁鸣(上)》一文中,我在解读《邶风·凯风》提到的"睍睆黄鸟,载好其音"之"黄鸟"时,也认为它符合黑枕黄鹂的特征:

这里的"黄鸟",羽色亮丽,歌喉动听,与黑枕黄鹂的特性高度一致。黑枕黄鹂在国内分布广泛,以夏候鸟为主。这种鸟整体为艳丽的黄色,有明显的黑色眼纹与飞羽,嘴为粉红色。常在树上活动,有时飞下来捕食昆虫;飞行时呈波浪状,振翼缓慢有力。《中国鸟类野外手册》上如此描述黑枕黄鹂的美妙鸣声:"清澈如流水般的笛音……有多种变化。"

实际上，在后世的中国古典诗歌中，"黄鸟""黄莺""黄鹂""仓庚"在很多时候是通用的，只不过前三者用得多一些，"仓庚"出现得少一些。大诗人陶渊明倒是在其《答庞参军》一诗中提到过仓庚："昔我云别，仓庚载鸣。"这句式与口吻，与《诗经》一致。

/ 鸣鵙为何是伯劳?

"春日载阳,有鸣仓庚。女执懿筐,遵彼微行,爰求柔桑。春日迟迟,采蘩祁祁。……七月鸣鵙,八月载绩。"诗中说,春天黄鹂鸣唱的时候,女人们执筐采桑以养蚕,还要忙着采蘩(音同"繁",一种野菜,即蒌蒿,亦称芦蒿,为菊科多年生植物)以为食用。到了七月,夏秋转换时节,伯劳叫得很响,八月里忙着纺麻了。

总之,随着时令与物候的变化,农民一年到头都有相应的事情要做,非常忙碌。对于诗中的"鵙"是什么鸟,历来无太大争议,几乎都认为是伯劳。如《毛传》:"鵙,伯劳也。"郑玄则进一步说:"伯劳鸣,将寒之候也。"(《郑笺》)

当然,也不能说各家说法完全一致。比如说,关于"鵙"的读音,很多人认为念"局",但也有学者认为应该念"绝"(如余冠英、高亨)。高亨《诗经今注》:"鵙,即鹈鴂,鸟名,又名伯劳、子规、杜鹃。"这个注解有点令人费解,因为子规即杜鹃,属于同一类鸟,但伯劳却不一样,完全是另外一种鸟。按,"鹈鴂"(音同"提绝")一词出自《离骚》:"恐鹈鴂之先鸣兮,使夫百草为之不芳。"通常认为"鹈鴂"是杜鹃,此鸟常在暮春时节啼叫,古人认为其音调悲切,故有"杜鹃啼血"之说。顺便说一句,中国北方出现的杜鹃科的鸟类均为夏候鸟,因此大家在春末开始听到它们的鸣叫，是正常的。

伯劳与杜鹃的叫声则完全不同。其实，说"䴗"念"局"也好，念"绝"也好，两者发音相近，实际上表达的意思是一样的，即"䴗"实乃描述鸟鸣的象声词，所谓"䴗䴗然"是也。那么，伯劳是怎么叫的呢？以中国最常见的棕背伯劳而论，其叫声确实为单音节的"局、局、局"，其声粗哑，颇不中听，但能让人感觉到一种威慑力。所以，现代学者通常以棕背伯劳释"䴗"，还是很恰当的。当然，聪明的棕背伯劳有时也会学其他鸟儿的鸣唱声，歌声婉转动听，几乎让人不相信是它在鸣叫。

"伯劳"这个比较通俗的名字是怎么来的呢？据说这跟西周名臣尹吉甫有关。周宣王时，大臣尹吉甫误信后妻之言，杀了前妻留下的儿子伯奇，伯奇的弟弟伯封非常悲伤，写了一首诗哀悼兄长。尹吉甫听了十分后悔，也哀痛不已。后来，尹吉甫在野外看见一只从未见过的鸟停在树上对他哀鸣，心想：莫非此鸟是伯奇的魂魄所化？于是就说："伯劳乎？是吾子，栖吾舆；非吾子，飞勿居。"（语出三国曹植《令禽恶鸟论》，这里的"伯劳乎"有的版本作"伯奇劳乎"）意思是说："是伯劳鸟吗？如果是我的儿子，请停栖在我的车上；如果不是，请飞走。"话音刚落，这鸟儿就飞来停在了车上。回家后，尹吉甫就杀了后妻。

现在，大家都知道成语"劳燕分飞"，这里的"劳"就是伯劳，伯劳与燕子分开飞走了，以此来比喻人与人的离别。这个成语出自南北朝时萧衍所作的《东飞伯劳歌》："东飞伯劳西飞燕，黄姑织女时相见。"此后，还有很多人拟作此诗。"伯劳"之名为后人所熟知，应该跟这首诗的广泛流传有关。

最后提一下，中国的伯劳有11种，其中绝大多数为候鸟（比如，在浙江，红尾伯劳以迁徙路过的旅鸟居多，牛头伯劳属于冬候鸟），而棕背伯劳则属于留鸟，且分布极广。伯劳虽说不是猛禽，而属于雀形目，却跟老鹰一样，上喙的尖端弯曲如钩，其性情凶猛，能捕食昆虫、蛙类甚至小鸟，故有"小猛禽""屠夫鸟"之称。伯劳的领地意识很强，它们喜欢雄踞高处，大声鸣叫，威风凛凛地巡视自己的地盘。

白 鹳 鸽

脊令在原兄弟情

我不禁感叹,还是小孩子的心
更接近古代诗人啊!

/
脊令在原,
兄弟急难。
每有良朋,
况也永叹。

白鹡鸰在鸣叫

白鹡鸰

《诗经》里的"脊令"是鸟名,即今"鹡鸰"(音同"脊铃")。这样生僻的名字似乎有点让人望而生畏,其实这是一类蛮常见的小鸟,尤其是白鹡鸰,更是全国广布,几乎随处可见。

大家都知道,燕子、鸳鸯、大雁、鸥、鹭等都是著名的"诗鸟",在中国古典诗词中频频"亮翅",摇曳生姿。但或许很少有人留意到,鹡鸰也是常在古诗中"飞鸣"的鸟儿,而且受《诗经》影响,其代表的含义总是跟"友于兄弟"相关。

脊令在原,急难何来?

鹡鸰在《诗经》中出现了两次,都是见物起兴。首先见于《小雅·常棣》,诗共八章,其前四章云:

常棣之华,鄂不韡韡。凡今之人,莫如兄弟。
死丧之威,兄弟孔怀。原隰裒矣,兄弟求矣。
脊令在原,兄弟急难。每有良朋,况也永叹。
兄弟阋于墙,外御其务。每有良朋,烝也无戎。

此诗的主旨是讲兄弟之情非常宝贵。现代研究《诗经》的著名学者陈子展先生对此诗评价很高,他说:"《常棣》最先歌唱兄弟友爱,此《诗》三百中名

篇杰作之一。"(《诗经直解》)

常棣（音同"第"），即郁李，蔷薇科落叶灌木，果实比李子小，可食。花粉红色或白色，常两三朵并生，故诗人以其花比作兄弟。华，即花。鄂，通"萼"，花萼，这里指花托。韡韡（音同"伟"），鲜明茂盛的样子。因此，第一章是以常棣之花热闹地开在一起，喻兄弟关系之亲密。

孔怀，最为牵挂。原隰（音同"习"），指荒野之地。裒（音同"抔"），聚集，诗中指尸体聚葬于野外。故第二章是说，死亡之事为最大，也让兄弟最牵挂，一人葬于荒野，另一个一定会去寻求。

第三章云：鹡鸰在原野上鸣叫，兄弟之间急难相救；紧急时刻到来，好朋友也只会长叹（帮不上什么忙），只有靠兄弟相助。

第四章，是成语"兄弟阋墙"的出处。阋（音同"细"），争吵。墙，墙内，家庭之内。务，通"侮"。戎，帮助。此章说，哪怕内部有争吵，一旦外患来了，兄弟之间也会团结起来一致对外。

上面把诗的前四章都解释清楚了，大家或许会问："脊令在原"，怎么会引起诗人关于"兄弟急难"的联想呢？

比较经典的解释是："（脊令）水鸟，而今在原，失其常处，则飞则鸣，求其类，天性也，犹兄弟之于急难。"(《郑笺》)

古今名家的解释基本都是上面这个思路：一、鹡鸰是一种水鸟，而如今居然在原野陆地上，是"失其常处"了，因此让人想起"急难"；二、鹡鸰"失其常处"之后，就边飞边鸣，以求其类，让人想到兄弟相助。现代研究《诗经》的大家余冠英、周振甫等均沿用此观点。

/ 饭桌上的"顿悟"

我觉得，传统解释与鸟类习性的事实不符，实在牵强。鹡鸰有好多种，最常见的是白鹡鸰，其他还有灰鹡鸰、黄鹡鸰等，不管哪一种，都不是水鸟，最多是喜欢在近水处逗留、觅食。因此，所谓"脊令在原"正是其常态，何"难"之有？

民国时期学者马持盈的注释没有强调"水鸟"，他说："脊令，鸟名，飞则共鸣，行则摇尾，有急难相共之意，故借之以喻兄弟之处急难。"（《诗经今注今译》）"飞则共鸣，行则摇尾"这种说法符合鹡鸰的习性。鹡鸰的脚与尾均细长，行走时尾巴轻摇。故鹡鸰这种鸟，在英语中被称为"wagtail"，由 wag（摇动）与 tail（尾）两个单词组成。

但不管怎么说，以上说法，我都觉得没有说到点子上。

有一次，晚饭后，偶然在家里说起这个让我困扰的问题，没想到当时还在读初二的女儿航航在一旁冷不丁说了一句："爸爸，你从白鹡鸰的叫声那方面去想啊!"我一时没反应过来,愣愣地看着她。航航见我不解,又说:"白鹡鸰的叫声不就是'急令、急令'吗,这说明事情很急了呀!"对呀!我顿时恍然大悟。白鹡鸰有个特性,总是一高一低如波浪状飞行,且边飞边鸣,叫声很像"急令、急令"。原来,"鹡鸰"这个鸟名,乃是模仿其叫声"急令"的象声词啊!

我不禁感叹,还是小孩子的心更接近古代诗人啊!按照王国维的说法,这叫作"不隔"。孩子也好,《诗经》时代的诗人也好,他们对于自然都做到了"不隔"。

另外,《小雅·小宛》也提到了鹡鸰。此诗共提到了三种鸟,分别是鸣鸠、桑扈和鹡鸰。其中,关于鸣鸠和桑扈的解读,分别见《"鸠"缠不清的旅程(下)》与《啄粟窃脂皆桑扈》。关于鹡鸰的诗句见其第四章:

题彼脊令,载飞载鸣。我日斯迈,而月斯征。夙兴夜寐,毋忝尔所生。

《小宛》是一首借怀念父母以告诫兄弟要勤勉谨慎、小心避祸的诗,此章也是以飞鸣的鹡鸰起兴。上述诗句的大意是:你看那小小鹡鸰,"急令、急令"在飞鸣,我们也是天天奔忙、夙兴夜寐,可不能辜负父母养育之恩。

/ 急雪脊令相并影

《诗经》之后,"脊令在原"遂成典故,后世干脆以"在原"或"鸰原""原鸰"专门指代兄弟之情。如《北齐书·元坦传》:"汝何肆其猜忌,忘在原之义?"杜甫《赠韦左丞丈济》诗:"鸰原荒宿草,凤沼接亨衢。"也有专门的题画诗。如明代才子唐寅在《败荷鹡鸰图》中题诗道:"飞唤行摇类急难,野田寒露欲成团。莫言四海皆兄长,骨肉而今冷眼看。"清代诗人卓尔堪《题脊令图》诗:"脊令飞鸣声不息,先急后悲何凄恻。"

用"脊令在原"之典,最为深情动人的诗,恐怕要算北宋黄庭坚的《和答元明黔南赠别》:

万里相看忘逆旅,三声清泪落离觞。朝云往日攀天梦,夜雨何时对榻凉。急雪脊令相并影,惊风鸿雁不成行。归舟天际常回首,从此频书慰断肠。

黄庭坚的长兄黄大临,字元明。黄庭坚遭贬黔州,有感于其兄万里相送,乃作此赠别诗。"急雪脊令相并影,惊风鸿雁不成行"一联,是说在风狂雪急的恶劣天气里(暗指处境艰难),连鸿雁都飞不成行了,而两只小小的鹡鸰却依旧能"并影"相伴,不离不弃,还有比这更真挚深切的兄弟之情吗?

而最有意思的,是唐玄宗李隆基与鹡鸰的故

事。玄宗自述,他常与兄弟们在宫中咏《常棣》之诗,叙兄弟友爱之情。有一天,"奇迹"发生了:

> 秋九月辛酉,有鹡鸰千数,栖集于麟德殿之庭树,竟旬焉,飞鸣行摇,得在原之趣,昆季相乐,纵目而观者久之,逼之不惧,翔集自若。(《鹡鸰颂(并序)》)

秋季是鸟类迁徙高峰期,鹡鸰科的鸟儿几乎都是候鸟,有的在迁徙时会成大群。所以玄宗所见"鹡鸰千数",完全是可能的。玄宗见到这么多鹡鸰"飞鸣行摇",就自然而然想起了"脊令在原"的诗句,故说"得在原之趣"。这里得说明一句,唐玄宗见到的鹡鸰是"栖集于庭树"上的,说明它们很可能不是白鹡鸰、灰鹡鸰之类(因为它们主要活动于地面,较少上树),而是鹡鸰科的其他鸟类。

/ 秋冬最宜赏鹡鸰

我在宁波见过的属于鹡鸰科的鸟有近十种，分为鹡鸰与鹨（音同"六"）两大类，如白鹡鸰、黄鹡鸰、灰鹡鸰、山鹡鸰及树鹨、北鹨、红喉鹨、黄腹鹨等。

在宁波，除白鹡鸰为四季可见的常见留鸟，其余的鹡鸰与鹨，均为候鸟。黄鹡鸰为过境之旅鸟（指迁徙时仅仅路过某地的鸟），灰鹡鸰为冬候鸟，山鹡鸰为夏候鸟；北鹨为旅鸟，其余的鹨均为冬候鸟。

几乎在任何靠近水边的开阔地上，都可能见到白鹡鸰。白鹡鸰是黑白灰分明的鸟，没有鲜艳的羽毛。这种鸟有多个亚种，主要区别在于眼纹有无、羽色深浅等方面。

鲁迅的《从百草园到三味书屋》中有一段描写雪后捕鸟的：

看鸟雀下来啄食，走到竹筛底下的时候，将绳子一拉，便罩住了。但所得的是麻雀居多，也有白颊的"张飞鸟"，性子很躁，养不过夜的。

这里的"张飞鸟"就是指白鹡鸰。因为白鹡鸰头部羽色黑白相间，颇似京剧里的张飞脸谱。

白鹡鸰喜欢在草地上轻巧地走动觅食，当有所发现时，会突然快走小段距离，那步法之迅捷灵巧，让人觉得它几乎脚不沾地。有时，它也会突然腾空而

》第412、413页 　黄鹡鸰《图说》第414页
》第415页

起,追捕空中的小飞虫。由于白鹡鸰最为常见,而且习性也最符合《诗经》中的描述,因此学者们通常认为,《诗经》中的"脊令",就是指白鹡鸰。

灰鹡鸰在宁波以冬候鸟为主,在溪流边最容易见到。这鸟也好认,上体多灰色,而腹部、臀部等为柠檬黄。它喜欢在溪边觅食,不时从这块石头轻跃到另一块石头。黄鹡鸰是迁徙路过宁波的旅鸟,4月、10月前后,最容易在海边观察到它们。

鹡鸰通常喜欢在水边活动,唯独山鹡鸰是个"另类"。它的俗名叫林鹡鸰或树鹡鸰,因为它喜欢活动于树林之中,时而在林下散步,时而在枝上鸣唱。山鹡鸰是宁波不常见的夏候鸟。至于各种鹨,除北鹨为过境之旅鸟,其余均为冬候鸟。因此,从时间上来说,秋天到仲春,最适宜观赏鹡鸰科的鸟类。

黑尾蜡嘴雀（雄）

啄粟窃脂皆桑扈

《楚辞》中的"桑扈"是隐士，
《诗经》中的"桑扈"却是一种鸟。

黑尾蜡嘴雀（雌）

/ 交交桑扈，
  有莺其羽。
  君子乐胥，
  受天之祜。

"接舆髡首兮,桑扈裸行。忠不必用兮,贤不必以。伍子逢殃兮,比干菹醢。与前世而皆然兮,吾又何怨乎今之人!"(《楚辞·九章·涉江》)

我第一次看到"桑扈"这个名字,是在高中语文课本所选的屈原的这首诗中。在这里,桑扈是一个隐士,他跟"楚狂接舆"一样,佯狂傲世,用裸身行走来表达自己强烈的愤世嫉俗之情。

后来,在《诗经》中两次看到"桑扈",它们都不是指人,而是指一种鸟。那么桑扈是什么鸟?虽说对此古今争议不大,但其中也有不少扑朔迷离之处。

交交桑扈，有莺其羽

先来看看《诗经》中的相关诗句。桑扈共在两首诗中出现，其一是《小雅·小宛》，其第五章云：

交交桑扈，率场啄粟。哀我填寡，宜岸宜狱？握粟出卜，自何能穀？

这是一首乱世中兄弟相诫以避祸的诗。先转述一下陈子展对上述节选诗句的译文："飞来飞去的蜡嘴桑扈，沿着场圃去啄食小米。可哀我穷困寡财的人，该罚做苦工，该关在牢里？抓一把小米出去问卦，从哪里能够得到吉利？"（《诗经直解》，下同）从诗中的描述来看，桑扈是一种喜欢啄粟的小鸟。

再来看《小雅·桑扈》，共四章，每章四句。全诗如下：

交交桑扈，有莺其羽。君子乐胥，受天之祜。
交交桑扈，有莺其领。君子乐胥，万邦之屏。
之屏之翰，百辟为宪。不戢不难，受福不那。
兕觥其觩，旨酒思柔。彼交匪敖，万福来求。

这是周王宴会诸侯之诗。引用陈子展对前两章的译文："飞来飞去的桑扈，有很文彩的羽翼。君子乐有才智，受到天赐的福气。飞来飞去的桑扈，有很文彩的颈项。君子乐有才智,他是万邦的屏障。"

这里的"莺"不是指一种鸟,而是指羽毛漂亮、色彩斑斓的样子。至于"交交",有的说是"飞来飞去"之意;也有人认为通"咬咬",鸟鸣声;还有学者认为是"小貌",即那是一种小鸟。

不管怎么说,《诗经》原文提供的关于桑扈这种鸟的信息并不多,就算把这些信息全部合并起来,我们也只能知道,桑扈是一种羽色漂亮、喜欢飞来飞去的爱鸣唱的小鸟。符合这个条件的鸟有很多很多,我们实在没法推断那是哪一种鸟,哪怕是哪几种鸟都不行。

后世对于桑扈这种鸟的推断,其实是出于相关的权威注解。《毛传》:"桑扈,窃脂。"《郑笺》:"窃脂,肉食。"三国陆玑《毛诗草木鸟兽虫鱼疏》:"桑扈,青雀也,好窃人脯肉脂及筒中膏,故曰窃脂。"《尔雅·释鸟》:"桑鳸(注,"鳸"同"扈"),窃脂。"对此,晋代郭璞注:"俗谓之青雀,觜(注,即嘴)曲,食肉,好盗脂膏,因名云。"

以上注解是一脉相承的,都是说桑扈乃是一种喜欢肉食,乃至会偷人脂膏的鸟。而郭璞又加了一点,说这种鸟的嘴巴是有点弯曲的。

到了宋代,大儒朱熹在《诗集传》中说:"桑扈,窃脂也,俗呼青觜,肉食,不食粟。"这里说得更明确了,桑扈这种鸟只吃肉,不食粟。但令人困惑的是,《小雅·小宛》中明明说"交交桑扈,率场啄粟",这又是怎么回事?

/ 桑扈缘何窃脂膏？

在对《小雅·小宛》一诗的注解中，朱熹提出了一种他认为可以自圆其说的观点，他说："扈不食粟，而今则率场啄粟也。病寡不宜岸狱，今则宜岸宜狱矣。言王不恤鳏寡，喜陷之于刑辟也。"朱熹的意思大致是说，桑扈本该吃肉的，而如今却无奈地啄粟了，病寡（注，这里的"寡"是穷困的意思）之人本来不应有牢狱之灾，如今却面临坐牢之忧。

我觉得，这种说法颇为勉强。其实，按照诗意直解，就算不否认桑扈喜欢啄粟，也是可以解释得通的。大家都知道，从修辞手法讲，"交交桑扈，率场啄粟"乃是见物起兴，因此，诗人的言下之意应该是：飞来飞去的桑扈，绕着场圃啄粟，多么自在开心！可叹我等贫病交加的人，竟还要面临牢狱之灾，这多么不公平！

唐代孔颖达对"窃脂"提出了自己的观点。他引

《左传》中的"九扈"（注，上古少皞氏以鸟名作为官名，"九扈为九农正"，是主管各类农事的官员，而扈分为九种）之说，对"窃脂"作出了新的解释，他认为"窃即浅之古字"，"窃脂"实际上即"浅白"之意。（注，孔颖达的观点转引自陈子展《诗经直解》）

明代李时珍在《本草纲目》中也引用《左传》"九扈"的说法，认为桑扈乃"扈之在桑间者，其觜或淡白如脂，或凝黄如蜡，故古名窃脂，俗名蜡觜"。李时珍认为，陆玑说桑扈好盗食脂肉，是错误的。李时珍还仔细描述了桑扈的特点与习性："扈鸟处处山林有之。大如鸲鹆（注，即八哥），苍褐色，有黄斑点，好食粟稻。《诗》云'交交桑扈，有莺其羽'是矣。其嘴喙微曲，而厚壮光莹，或浅黄浅白，或浅青浅黑，或浅玄浅丹。"

陈子展亦赞成孔颖达的解释，同时又引清代学者陈大章《诗传名物集览·桑扈》中的说法："此鸟今谓之蜡觜。性甚慧可教。色微绿。觜似蜡，言浅有脂色也。"

多数研究《诗经》的现代学者认同桑扈即蜡嘴雀的说法。同时，陈子展还说："桑扈虽食谷物果树嫩叶种子，而以肉食昆虫为主，故得视为益鸟焉。"（《诗经直解》）

这样一来，桑扈的食性就得到了调和，这种鸟既喜欢食肉又常啄粟，且"觜似蜡，言浅有脂色"，因此就是现在所谓蜡嘴雀。

/ 蜡嘴原本爱啄粟

上文拉拉扯扯，掉了半天书袋，终于把古之桑扈乃今之蜡嘴雀的注解脉络基本理清楚了。现在的问题是：这蜡嘴雀又是什么鸟？长啥样？常见吗？在哪里可以看到？

如果不算锡嘴雀及几种"拟蜡嘴雀"，国内分布较广且为人所熟知的蜡嘴雀就两种——黑尾蜡嘴雀与黑头蜡嘴雀，而前者尤为常见。它们跟白头鹎差不多大小，但明显更"胖"，显得很敦实。

这两种鸟长得很像，没经验的人很容易搞混。说来有趣，黑尾蜡嘴雀头部的黑色区域反而比黑头蜡嘴雀大得多，明显越过了眼后，而黑头蜡嘴雀头部的黑色止于眼圈周边。另外，两者的区别还在于：黑尾蜡嘴雀的体侧靠臀部的位置，为明显的橙色，而黑头蜡嘴雀的相同位置偏灰色；黑尾蜡嘴雀雌雄异色，其雄鸟具有明显的"黑头"，而雌鸟的头部与背部均偏灰褐色，黑头蜡嘴雀则是雌雄同色。

当然，它们之所以叫蜡嘴雀，是因为都有着橙黄而粗厚的嘴，但黑尾蜡嘴雀的嘴的尖端为黑色（根据我野外实际所见，也有不少黑尾蜡嘴雀的嘴接近全黄），而黑头蜡嘴雀的嘴全黄，且更为硕大。这样的嘴形，非常有利于它们啄食、撕扯、咬碎植物的果实、种子或嫩叶，简直就是为此而生。因此，对蜡嘴雀来说，"啄粟"正是其看家本领，它们虽然也会捕食一些昆虫（尤其在育雏期），但这"窃脂、肉食"的技能实非其所长——刚好跟陈子展所说相反。

在浙江，黑尾蜡嘴雀是常见留鸟，在公园、小区、郊外等地方都可以看到。在我国东北，它们是夏候鸟。多数时候，我见到这种鸟，是看到它们成群结队在树上啄食果实或嫩叶。在浙江，黑头蜡嘴雀难得一见，属于旅鸟或比较罕见的冬候鸟。

最后，让我们回到《诗经》。关于桑扈在两首诗中所起的"见物起兴"的作用，上文都已经提到，不过，最近读到胡淼在其《〈诗经〉的科学解读》一书中关于《小雅·桑扈》一诗的相关解读，觉得很有新意，可备一说。胡淼说，桑扈即蜡嘴雀，在民间俗称为"大嘴官"，而此诗作为周天子宴请诸侯时唱的乐歌，"（诗人）把诸侯比作阔嘴利喙、肚大腰圆的桑扈（蜡嘴雀），塑造了形神皆似而又滑稽的艺术形象"。

大嘴乌鸦

瞻乌爱止辨吉凶

如果在这样的诗境里,还讨论"乌鸦是吉是凶",岂非大煞风景?

/
哀我人斯,
于何从禄?
瞻乌爰止,
于谁之屋?

小嘴乌鸦

假定古时候有人外出，傍晚归家时，看到有只乌鸦停在自家屋顶上啼叫，那么他的心情会如何？是高兴，是感到晦气，还是无动于衷？

　　我觉得都有可能，这取决于不同的时间与地域。虽然在现在很多人眼里，乌鸦似乎"历来"就是不吉的代名词，但这个"历来"，实际上是很有问题的。我相信，至少在古代某个时候，乌鸦并不那么令人讨厌，甚至还曾被认为是"报喜鸟"。

　　乌鸦属于鸦科鸟类。在《诗经》里，鸦科鸟类共有三种：喜鹊、乌鸦和寒鸦。喜鹊已经在前文谈过，这里就聊聊乌鸦、寒鸦及跟吉凶有关的事。

狐赤鸦黑，天下皆然

大家常说"天下乌鸦一般黑"，在《诗经》里，还真有差不多的说法，叫作"莫黑匪乌"，出自《邶风·北风》：

北风其凉，雨雪其雱。惠而好我，携手同行。其虚其邪？既亟只且！

北风其喈，雨雪其霏。惠而好我，携手同归。其虚其邪？既亟只且！

莫赤匪狐，莫黑匪乌。惠而好我，携手同车。其虚其邪？既亟只且！

这是一首"刺虐"之诗。当时，卫国行暴虐之政，国人不堪忍受，相约逃离，乃作此诗。诗三章，前两章均先描述北风凛冽、雨雪纷飞的景象，以此暗示现实环境之恶劣。然后说："惠而好我，携手同行。其虚其邪？既亟只且！"意思就是："我们若相好，就赶紧一起走吧！形势危急，再不走就来不及了！"

诗的最后一章以"莫赤匪狐，莫黑匪乌"起兴，这又是什么意思呢？翻译成大白话，就是："天下没有哪只狐狸不是赤红色的，没有哪只乌鸦不是墨黑的。"余冠英说："狐毛以赤为特色，乌羽以黑为特色，狐、乌比执政者。"(《诗经选》)也就是说，"天下乌鸦一般黑"，卫国当官的都是一路货

色。高亨在其《诗经今注》中说得更明确:"诗以狐比大官,以乌鸦比小官。周代大官穿红衣,小官穿黑衣。此二句言:穿红衣的都是狐狸,穿黑衣的都是乌鸦。"

由此看来,诗中的狐狸、乌鸦虽然明显带有贬义,但也只是因为其毛色(羽色)跟官员的服色类似而产生类比而已,本质上跟后世人们所认为的乌鸦带来的吉凶预示并没有什么关系。补充一句,通常,后来某些地域的人们讨厌乌鸦,不仅因为其不中看的外貌,更因为其粗哑难听的叫声及食腐的习性。

顺便说一句,同为鸦科鸟类,喜鹊的叫声跟乌鸦非常像,但人们听到喜鹊的叫声却是"喜上眉梢",这里面的原因,值得我们想一想。

乌鸦择屋,嫌贫爱富?

成语"爱屋及乌",出自成书于汉代的《尚书大传》:"爱人者,兼其屋上之乌。"因为爱某人,连带着喜欢停在那人屋顶上的乌鸦,常用来比喻爱一个人(或事物)而推及其他。看来,乌鸦停在人家屋顶上,实为常有之事。那么,乌鸦喜欢停在谁家屋顶上,是否有所偏爱(或预示着什么)呢?至少在《小雅·正月》里,诗人是这么认为的。

《正月》一诗,产生于西周沦亡之际,诗人忧时

伤世,痛苦迷茫,无法解脱。此诗共十三章,提到乌鸦的分别是第三章和第五章。其第三章云:

忧心茕茕,念我无禄。民之无辜,并其臣仆。哀我人斯,于何从禄?瞻乌爰止,于谁之屋?

茕茕,形容忧伤、孤独的样子。无禄,即不幸。天下大乱之际,很多无辜的百姓成了奴仆。诗人哀叹:我们这些人啊,该去哪里求福禄(即谋生)呢?看那些乌鸦飞来,会停栖在谁家的屋顶?

联系上下文,显然"于何从禄"和"瞻乌爰止,于谁之屋"有直接关系。有不少研究者认为,乌鸦是不祥之鸟,落到谁家屋上就预示着谁家会倒霉。我觉得这于理难通。因为,上文明明说"于何从禄",而下文马上说要看乌鸦停哪里(来判断),那么,很自然地,乌鸦所停的地方应该是会带来福禄与好运的地方。

最早解释《诗经》的《毛传》与此后的《郑笺》也是这么认为的。《毛传》:"富人之屋,乌所集也。"郑玄笺注:"视乌集于富人之室,以言今民亦当求明君而归之。"

此外,程俊英、蒋见元的《诗经注析》在为《正月》作注时,也引用了钱锺书《管锥编》中所引用的相关说法,认为"诗人以乌象征周王朝,可备一说"。原来,古籍中言:"周将兴之时,有大赤乌衔谷之种而集王屋之上者,武王喜,诸大夫皆喜。"按照这个说法，乌鸦集于屋上，正是当初周朝将兴的好兆头，可谓大吉大利，何凶之有？

当然，在《正月》的作者看来，生此末世，无数的人不知何处依止，要"瞻乌爱止，于谁之屋"以求禄，也只是想想罢了！因为，彼时西周将坠，代表周王朝的乌鸦也不知何处栖止了！

再来看《正月》第五章：

谓山盖卑，为冈为陵。民之讹言，宁莫之惩。召彼故老，讯之占梦。具曰予圣，谁知乌之雌雄！

其大意是说：民间谣言四起，甚至说高山已变得低下。请来故老与占梦之人，他们都自夸高明，但谁又能辨别乌鸦的雌雄！

这里，是以乌鸦全身乌黑，难以判别雌雄，来比喻民间各种传言是非难辨。显然，乌鸦在这里至少是"中性"的，无所谓吉凶。

/ 寒鸦归飞，诗人伤神

以上所提乌鸦，皆是全身乌黑之鸦，在国内比较常见的有大嘴乌鸦、小嘴乌鸦、秃鼻乌鸦等，它们外貌相似，如果不是观鸟爱好者，恐怕难以分辨。若说《诗经》里的乌鸦具体是哪一种，我想它们都有可能。

但是，天下乌鸦还真的不是"一般黑"，比如说有颈部、胸部为白色的白颈鸦与达乌里寒鸦，它们在其分布区均不难见到。《诗经》里也提到了不是全黑的乌鸦，见《小雅·小弁》第一章：

弁彼鸒斯，归飞提提。民莫不穀，我独于罹。何辜于天？我罪伊何？心之忧矣，云如之何？

这也是一首充满哀怨之情的诗。诗的作者，一说是被周幽王放逐的太子宜臼，当时周幽王宠幸褒姒，立以为后，以其子伯服为太子；一说是周宣王时期大臣尹吉甫之子伯奇，伯奇遭受后母之谗，被父亲虐待，乃至放逐。

先解释一下生僻字。弁（音同"盘"），快乐。鸒（音同"玉"），鸟名，又叫雅乌。提提（音同"时"），群鸟安闲翻飞的样子。穀（音同"谷"），善，好。此章的大意是：

快乐的雅乌呀，成群翻飞着回家了。大家都活得好好的，为何独有我受苦？我哪里得罪了老天爷，罪行到底是什么？我的心里充满了忧伤，不知到底该怎么办。

这是被放逐的孤独的诗人看到群鸟归巢，不禁黯然伤神，自伤自怜。

鸒为雅乌，雅乌又是一种什么鸟？按照历来公认的注解，那是一种"形似乌鸦，比乌鸦小，腹白，喜群栖"的鸟。这个描述已经非常清楚了，像我们这样的观鸟爱好者，一看就知道，无论就地理分布还是形貌习性而言，这雅乌毫无疑问就是现在所说的达乌里寒鸦。

为什么这么说？就分布区而言，白颈鸦与达乌里寒鸦在中国北方都有分布，而达乌里寒鸦在北方的分布面积远大于前者；就体形而言，白颈鸦个子较大，而达乌里寒鸦属于小型鸦科鸟类，明显小于普通的乌鸦；就羽色而言，白颈鸦主要是颈部、胸部为白色，而达乌里寒鸦的腹部也是大面积的白色。另外，达乌里寒鸦也是喜欢群栖的鸟。因此，鸒为达乌里寒鸦无疑。

《诗经》之后，在后世的中国古典诗歌中，乌（或乌啼）、寒鸦等字眼频频出现，仅挑大家熟悉的录于下：

月落乌啼霜满天，江枫渔火对愁眠。姑苏城外寒山寺，夜半钟声到客船。

——唐·张继《枫桥夜泊》

山抹微云，天连衰草，画角声断谯门。暂停征棹，聊共引离尊。多少蓬莱旧事，空回首、烟霭纷纷。斜阳外，寒鸦万点，流水绕孤村。

——宋·秦观《满庭芳》

　　枯藤老树昏鸦，小桥流水人家，古道西风瘦马。夕阳西下，断肠人在天涯。

——元·马致远《天净沙·秋思》

　　多么优美动人的意境！如果在这样的诗境里，还讨论"乌鸦是吉是凶"，岂非大煞风景？

》第418、419页　　**达乌里寒鸦**《图说》第418页

红角鸮

墓梅有鸮焉恶声

这回，我们将进入神秘的夜行性猛禽的世界，即鸱鸮的领域。

/
墓门有梅,
有鸮萃止。
夫也不良,
歌以讯之。

斑头鸺鹠

领角鸮

《七月鸣鵙农事忙》一文提到,《诗经》中有不少令人费解的怪异鸟名。现在,且让我们再次来探究这个问题,这回,我们将进入神秘的夜行性(指喜在夜晚活动的动物习性)猛禽的世界,即鸱鸮的领域。

鸱鸮?又是个好生僻的词,怎么念?是什么意思?真让人吃不消!别急,不要急着喊"吃不消",这两个字就念"吃消",是猫头鹰的意思。这么一说,大家都明白了吧。

《诗经》中直接提到"鸮""枭"或"鸱鸮"的就有四首诗。通常认为,这些字眼在诗中都是指猫头鹰,但也有存在争议的地方。具体如何,且待我一一说来。

/ 墓门有梅，有鸮萃止

春秋时期，趁陈桓公生病，陈佗杀了太子，并在桓公死后自立为君，导致陈国大乱，老百姓对此非常愤慨。《陈风·墓门》就是民间骂陈佗的诗，全诗如下：

墓门有棘，斧以斯之。夫也不良，国人知之。知而不已，谁昔然矣。

墓门有梅，有鸮萃止。夫也不良，歌以讯之。讯予不顾，颠倒思予。

这里的"斯"，是析、砍的意思；谁昔，相当于畴昔、往昔；萃，停栖；讯，即"谇"（音同"碎"），斥责、告诫。不同的学者对诗句的细节有不同的理解，下面的诗意解读大致按照余冠英的版本：

墓门前有酸枣树，拿斧子砍了它。那人是个坏家伙，全国人民都知道。路人皆知其恶行，而他照样不改正，一直以来都这样。

墓门前有梅树，猫头鹰停在树枝上。那人是个坏家伙，编支歌儿责骂他。骂了他也没用，做事依旧不分黑白。

诚如余冠英说，棘是恶树，鸮是"恶声之鸟"，诗人以此类东西"见物起兴"，来暗指国中的"不良"之人。想必在古人看来，在坟墓前的树上，有长相怪异、叫声凄婉的猫头鹰停在那里，会给人以阴森、凶恶、不吉之感。说鸮是讨人嫌的恶鸟，从《毛传》就开始了。在注释上述诗句时，《毛传》就说："鸮，恶声之鸟也。"后来，猫头鹰在中国便背上了此恶名，迄今已有两千多年。

猫头鹰的叫声真的这么难听吗？

据《中国鸟类野外手册》，在我国境内有分布的鸮共31种，分别属于草鸮科（3种）和鸱鸮科（28种）。确实，书上常用"尖利""刺耳"或"深沉""悠远""哀婉"，乃至"猫样喵叫""似笑声"之类的描述语来形容各种猫头鹰的叫声。大家试想一下，若你深夜独自在野外走路，忽然听到附近的山上或树林中传来如上所描述的声音，会不会有点毛骨悚然的感觉？与现代社会城市林立不同，古代地广人稀，鸟类繁盛，人们听到猫头鹰叫声的概率自然远大于我们，所以也难怪古人不爱这样的声音。

由于喜欢在春夏时节到野外夜拍两栖爬行动物，我倒是经常听到猫头鹰的叫声。其中，最常听见的是领角鸮的叫声。每次进山夜拍，无论到哪里，几乎都能听到从远处传来的低沉的"嗡……嗡……"的叫声，每隔几秒钟一声。《中国鸟类野外手册》上说，领角鸮在繁殖季节"叫声哀婉"，说得还是蛮形象的。如果在满月时独自进山，但见月光如水，洒向暗黑森林，分外清冷。此时听到风声、水声和领角鸮的叫声，恍惚间，甚至会觉得自己瞬间远离了喧嚣的社会,"穿越"到远古洪荒时代……

在我所在的浙江宁波地区,另外一种常见的猫头鹰是斑头鸺鹠(音同"休留")。这种小型猫头鹰的叫声更奇怪,有人说像轱辘在夜间的山路上转动,声音由低沉转为颤动,故旧时有"鬼车"之称,甚至有人说像鬼哭。

/ 鸱鸮鸱鸮，无毁我室

如果说《陈风·墓门》里的"有鸮萃止"还只是体现一种静态的阴森氛围的话，那么《豳风·鸱鸮》就是在直接控诉鸱鸮"杀子毁家"的严重恶行了：

鸱鸮鸱鸮，既取我子，无毁我室。恩斯勤斯，鬻子之闵斯。

迨天之未阴雨，彻彼桑土，绸缪牖户。今女下民，或敢侮予？

予手拮据，予所捋荼。予所蓄租，予口卒瘏，曰予未有室家。

予羽谯谯，予尾翛翛，予室翘翘。风雨所漂摇，予维音哓哓！

估计大多数人跟我一样，第一次读到这首诗的时候，头都晕了：天哪，全是生僻字，到底在说啥呀？别急别急，且让我们来看余冠英先生的翻译，我觉得余先生译得特别好：

猫头鹰啊猫头鹰！你抓走我的娃，别再毁我的家。我辛辛苦苦劳劳碌碌，累坏了自己就为养娃。

趁着雨不下来云不起，桑树根上剥些儿皮，门儿窗儿都得修理。下面的人们，许会把我欺。

我的两手早发麻，还得去捡茅草花。我聚了又聚加了又加,临了儿磨坏我的嘴,还不曾整好我的家。

我的羽毛稀稀少少,我的尾巴像干草,我的窠儿晃晃摇摇。雨还要淋风也要扫,直吓得我喳喳乱叫。

这下都明白了吧。诗中的第一人称"我",不是一个人,而是一只母鸟。这位鸟妈妈在雏鸟遭到"鸱鸮"的摧残后,显得绝望、无助,疲惫不堪。诗中的"牖户"(即门窗)、"室家"都是指鸟巢,故所谓"捋荼",即指采茅草的花(白色、柔软)来垫鸟巢。

这是中国最早的"禽言诗",也是《诗经》中非常独特的一首诗。不过,历来对于此诗的主旨颇有争议,这里就不展开引述了。其实,单就诗里的"鸱鸮"为何鸟,争论已经很大了,光近年来论及此话题的学术论文就非常多。简言之,自古以来,大家对于"鸱鸮"的理解可分三大类:一、指一种小鸟。三国时代的陆玑甚至认为它"似黄雀而小",而且"其喙尖如锥,取茅莠为巢……(巢)县(注,"县"通"悬")著树枝,或一房,或二房"。(《毛诗草木鸟兽虫鱼疏》)按照陆玑的描述,这非常像中华攀雀这种鸟。二、指鹰隼之类的猛禽。这种解释颇有合理成分,因为,"鸱"在古义中确有"像鹞鹰那样凶猛的鸟"的意思。三、指猫头鹰。如南宋朱熹《诗集传》:"鸱鸮,䳎鹠,恶鸟,攫鸟子而食者也。"当代研究《诗经》的大家如余冠英、陈子展、程俊英、向熹、高亨等都持此观点。

其实，鹰隼与猫头鹰都是猛禽，前者是日行性的，即在白天活动；而后者主要是夜行性的，即在晚上出来活动、捕食。就我个人而言，则倾向于认为这里的"鸱鸮"是指猫头鹰。

"鸱鸮"再一次出现在《诗经》中，是在《大雅·瞻卬》中，其第三章云：

哲夫成城，哲妇倾城。懿厥哲妇，为枭为鸱。妇有长舌，维厉之阶。乱匪降自天，生自妇人。匪教匪诲，时维妇寺。

这首诗是讽刺昏聩的周幽王宠幸褒姒，倒行逆施，导致国家灭亡，属于典型的"红颜祸水论"。诗中的"枭"通"鸮"，这里直接把褒姒（哲妇）比作鸱鸮这样凶残的"恶声之鸟"，说"长舌妇"坏了国家大事。

看来，猫头鹰在古人眼里真可谓恶名昭著。唉，真为它们喊冤！

翩彼飞鸮,集于泮林

上面所引的三首诗,里面出现的"鸮"被解释为猫头鹰,尽管存在一定争议,但至少解释得通。不过,《鲁颂·泮水》中出现的"鸮"若作同样解释,似乎于理难通。其诗第八章,也就是最后一章云:

翩彼飞鸮,集于泮林。食我桑黮,怀我好音。憬彼淮夷,来献其琛。元龟象齿,大赂南金。

这是一首歌颂鲁僖公平定淮夷的叙事诗。此章的大意是说:"鸮鸟翩翩而来,飞集在泮水旁的树林。它们吃了我们的甜美的桑葚,回报我们以动听的声音。如今淮夷表示臣服,献上珍宝表诚意。大龟、象牙、美玉,还有南方的黄金,全都送了来!"

多数学者把这里的"鸮"也解释为猫头鹰,即诗中把当初的敌人(淮夷)比喻为"恶鸟""恶声之鸟"。高亨在《诗经今注》中解释得比较详细:"鸮音本不好,此言怀我好音,有改恶向善之意。以上四句以鸮鸟集于泮林比喻淮夷来朝于鲁,以鸮鸟食我桑黮(注,"黮"通"葚")比喻淮夷使者受鲁国的款待,以鸮鸟怀我好音比喻淮夷向鲁国说顺服的话。"

这样说固然大致也可算通,但我个人总觉得略有牵强。按照《诗经》的常用艺术表现手法,"翩彼飞鸮,集于泮林。食我桑黮,怀我好音"四句显然属于"见物起兴",把鸟儿飞来比作客人远道而来。《诗经》中还有类似的说法,如《周颂·振鹭》中说:"振鹭于飞,于彼西雍。我客戾止,亦有斯容。"这是把振翅而飞的美丽、高洁的白鹭比作高贵的客人。"振鹭于飞"属于写实,同时也是比喻,这是《诗经》的一贯风格。但在《鲁颂·泮水》中,关于鸮的描写,却与猫头鹰的现实习性全然不符,也就是说与《诗经》"见物起兴"的写实风格不符。

"翩彼飞鸮",形容鸮的飞行非常轻盈,这倒没错,猫头鹰的羽毛有特殊的构造,飞起来悄无声息,便于它们在黑夜里迅速掩杀老鼠等捕食对象。

但"集于泮林"却令人奇怪了。"集"字在《诗经》中有类似用法,如《周南·葛覃》:"黄鸟于飞,集于灌木,其鸣喈喈。"余冠英注:"群鸟息在树上叫作'集'。"猫头鹰是喜欢在夜晚行动的"独行侠",怎么会在大白天成群飞来停在树上呢?

"食我桑黮"就更不对了,猫头鹰是纯肉食的鸟类,怎么可能啄食桑葚?

至于"怀我好音",是说这里的鸮发出动听的鸣叫声,当然也不符合古人对于猫头鹰叫声的一贯看法。

所以,当代学者胡淼在《〈诗经〉的科学解读》一书中认为,这里的"鸮"肯定不是指猫头鹰,而是指爱吃桑葚之类水果的其他鸟类。他认为:"古人所称之鸮是个多义词,除猫头鹰外,鹰雕之类称鹰鸮;白腹鹞、白尾鹞等称鸥鸮;海鸥等鸥鸟称水鸮;杜鹃、鹦鹉也称鸮。"

除了"翩彼飞鸮"之"鸮"是否指猫头鹰尚存疑，《诗经》里还有一处用词，历来对其是否指猫头鹰也存在争议，见《邶风·旄丘》的最后一章：

琐兮尾兮，流离之子。叔兮伯兮，褎如充耳。

这里的"流离"，有人说跟"颠沛流离"之"流离"同义，即飘散流亡之意。但也有人说它是指鸺鹠，一种小型的猫头鹰，常见的有斑头鸺鹠等。

好了，上面把《诗经》中跟猫头鹰有关联的诗句梳理了一遍。

令人欣慰的是，在当代中国，猫头鹰在大家心目中的形象早已跟古代不一样了。人们都知道，把猫头鹰称为"恶鸟"或"恶声之鸟"，实在是大大冤枉了它们。它们外表怪异，只是为了隐蔽、保护自己；喜在夜间活动与鸣叫，也只是出于天性。更何况它们善于捕食老鼠，对维持生态平衡有很大贡献。此外，有很多人还很喜欢猫头鹰的圆脸盘、大眼睛呢！总之，古之"恶鸟"已成今之"萌猫"，幸何如之！

赤 腹 鷹

北林晨风忧思长

来，了解一下《诗经》里的"猛禽分类学"。

/ 鸢飞戾天,
　鱼跃于渊。
　岂弟君子,
　遐不作人?

凤头鹰　　　　　　　　　　　普通鵟

  薄暮时分，一只鹰快速掠过窗外，投入北山郁郁苍苍的森林，瞬间消失了。"唉，鸟儿也知道归巢了，你怎么还不回来？是不是早已把我忘了呀？"一名女子站在窗前，忧心忡忡，暗自垂泪。

  这一幕场景，不是我的臆想，而是出自《秦风·晨风》："鴥彼晨风，郁彼北林。未见君子，忧心钦钦。如何如何，忘我实多！"诗中的"晨风"，不是指早晨的风，而是指一种猛禽。

  说起猛禽，平时不大关注鸟类的人可能就会说：哦，就是老鹰。其实，猛禽的种类很多，光《诗经》里就有隼、鸢、鹰、鸮等不同说法。有意思的是，这些鸟名在现代猛禽分类体系中依然沿用。

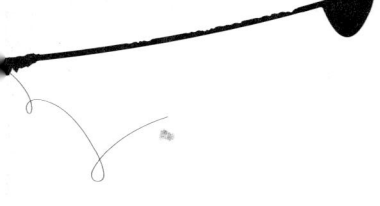

/《诗经》里的"猛禽分类学"

按照一天中活跃时间的不同,猛禽可粗分为两大类:一类主要在夜间活动,被称为"夜行性猛禽",属于鸮形目,即通常所说的"猫头鹰";另一类主要在白天活动,被称为"日行性猛禽",属于隼形目与鹰形目,也就是大家平时说的鹰、隼、雕之类。

按照现代鸟类学的分类,鸮形目的分类相对简单,该目之下现存的只有两个科,分别是草鸮科与鸱鸮科(本来还有原鸮科,但此科鸟类已灭绝)。在国内,草鸮科鸟类只有三种,其中分布最广的就是草鸮,因其面盘似心形,状如猕猴,故俗称"猴面鹰"。鸱鸮科就复杂多了,下面还包括鸺鹠、角鸮、林鸮、雕鸮等多个属。在《墓梅有鸮焉恶声》一文中,已经就《诗经》中的猫头鹰作了解读,因此这里专门聊聊《诗经》中的日行性猛禽,即隼形目和鹰形目的鸟类。隼形目猛禽最大的外形特征是"两翼长而似镰刀"(据《中国鸟类野外手册》),在野外比较有辨识度。而鹰形目猛禽在具体分类上远比隼复杂,光称呼就很多,除了鹰,还有鸢、雕、鹞、鵟(音同"狂")、鸢、鹫等;同时,在外在形态方面,相对于隼,它们翅膀的轮廓显得比较宽而圆。

那么,《诗经》里到底有多少地方提到了"老鹰",它们具体有哪些种类?这个问题细说起来还真有点复杂。按照传统的理解,《诗经》中涉及"日行性猛禽"的有近十首诗,其提法包括:雎鸠、鸠、晨风、隼、鸢、鹰、鹑(指猛禽时读音同"团",即雕)等。

自古以来,多数学者都认为"雎鸠"是捕鱼之鹰,即鹗。到了现代,反对"雎鸠即鹗"的声音渐渐多了起来。另外,"鹊巢鸠占"中的"鸠",很可能是指红隼之类的小型猛禽。以上详见前文《"鸠"缠不清的旅程》,这里就不重复了。接下来,我们专门聊聊"晨风、隼、鸢、鹰、鹑(雕)"这些猛禽。这些字眼分别出现在以下诗中:

《秦风·晨风》:"鴥彼晨风,郁彼北林。"

《小雅·采芑》:"鴥彼飞隼,其飞戾天。"

《小雅·沔水》:"鴥彼飞隼,载飞载止。"

《小雅·四月》:"匪鹑匪鸢,翰飞戾天。"

《大雅·大明》:"维师尚父,时维鹰扬。"

《大雅·旱麓》:"鸢飞戾天,鱼跃于渊。"

就诗的内容而言,这六首提到猛禽的诗中,有三首是表达忧思的,另三首是展示军威或表示对君王的祝福的。为什么会这样?这跟猛禽的特性有关。

飞隼自翱翔，我心独忧伤

表达忧思的三首诗，第一首是《秦风·晨风》，全诗如下：

鴥彼晨风，郁彼北林。未见君子，忧心钦钦。如何如何，忘我实多！

山有苞栎，隰有六驳。未见君子，忧心靡乐。如何如何，忘我实多！

山有苞棣，隰有树檖。未见君子，忧心如醉。如何如何，忘我实多！

此诗浅显易懂，不过关于它的主旨，还是有不同说法。旧说是"刺秦康公不能任用贤人"，而如今多数学者认为是女子思念爱人之诗。鴥（音同"玉"），形容鸟疾飞的样子。"晨风"是鸟名，古人认为它就是鹯（音同"瞻"）。那么"鹯"又是什么鸟？三国陆玑《毛诗草木鸟兽虫鱼疏》中说："晨风，一名鹯，似鹞。青黄色，燕颔钩喙，向风摇翅，乃因风飞急，疾击鸠鸽燕雀食之。"明朝李时珍在《本草纲目》中也有类似说法。有人根据陆玑的描述，将"晨风"定为如今之燕隼，从鸟类的形貌、习性等而言，固然没错，但"青黄色""燕颔钩喙""飞行迅速""在空中捕猎其他鸟类"等特性，多种猛禽都具备，如雀鹰就是典型的喜欢在飞行中袭击小鸟的鹰。

此诗共三章，首章以"猛禽飞掠，迅捷归林"起兴，暗指鸟儿尚知早早回家，而"我"所思念的"君子"却早已把"我"忘记。第二、三章，均以"山有……隰有……"起兴，类似句法在《诗经》中经常出现，属于固定搭配，大致都是以万物各得其宜（不管生长于山之高处还是低湿之地），来反衬诗人的生活不得其所。

《诗经》之后，"晨风北林"遂成典故，常被后世诗人化用。如汉代一首佚名的五言诗的前四句为："晨风鸣北林，熠耀东南飞。愿言所相思，日暮不垂帷。"相传此为苏武和李陵相赠答的诗，但经学者考证，此观点不可信。

魏晋名士、"竹林七贤"之一的阮籍，以孤愤、沉痛的心情写了82首著名的《咏怀》诗，其第一首云：

夜中不能寐，起坐弹鸣琴。薄帷鉴明月，清风吹我襟。孤鸿号外野，翔鸟鸣北林。徘徊将何见？忧思独伤心。

其后，魏文帝曹丕的《清河作诗》（一作《清河作》）亦云：

方舟戏长水，湛澹自浮沉。弦歌发中流，悲响有余音。音声入君怀，凄怆伤人心。心伤安所念，但愿恩情深。愿为晨风鸟，双飞翔北林。

在《诗经》中，另两首以猛禽起兴来表达忧伤的诗，分别是《小雅·沔水》与《小雅·四月》。

《小雅·沔水》共三章，其第一章云：

沔彼流水，朝宗于海。鴥彼飞隼，载飞载止。嗟我兄弟，邦人诸友。莫肯念乱，谁无父母？

其第二、三章，则有"鴥彼飞隼，载飞载扬""鴥彼飞隼，率彼中陵"等句。南宋朱熹说，此诗为"忧乱之诗"。确实，诗人看到，滔滔江河之水，皆归于海；迅捷飞掠之隼，翱翔于天。大自然是如此生机勃勃，井然有度。但现实社会却是如此混乱不堪，令人"心之忧矣，不可弭忘"！

《小雅·四月》也是一首呼天抢地的忧愤之诗，其最后两章云：

匪鹑匪鸢，翰飞戾天。匪鳣匪鲔，潜逃于渊。
山有蕨薇，隰有杞桋。君子作歌，维以告哀。

这里的"鹑"，历来都解释为雕，属于大型猛禽。雕也好，鸢也好，都能如王者般高翔天际，俯视下方，非常超脱。所以诗人哭诉：我不是雕和鸢，可以高飞入云；也不是鳣与鲔（音同"瞻"和"尾"，两种大鱼），可以躲到水底，只能写首歌以告哀！

/ 隼飞鹰翔，军威远扬

《诗经》中另外两首以猛禽起兴的诗，都和军容、军威有关。首先是《小雅·采芑》，此诗以赞美的口吻，叙述方叔（周宣王时的大臣）率军出征，军威远扬，使得"蛮荆"（当时对南方部落的蔑称）臣服的故事。全诗共四章，其第三章如下：

鴥彼飞隼，其飞戾天，亦集爰止。方叔莅止，其车三千。师干之试，方叔率止。钲人伐鼓，陈师鞠旅。显允方叔，伐鼓渊渊，振旅阗阗。

这里再次出现了"鴥彼飞隼"，并说"其飞戾天，亦集爰止"（戾，至）。按照现在的话来说，上引诗句的大意就是：雄鹰展翅，迅捷无伦，一会儿高飞入云霄，一会儿敛翅栖于树。大将方叔好威严，亲率战车三千辆。誓师出发征蛮荆，擂起战鼓咚咚响……

另一首是《大雅·大明》，此诗属于记叙西周开国历程之史诗的一部分，其最后两章讲述了著名的牧野之战：

殷商之旅，其会如林。矢于牧野，维予侯兴。上帝临女，无贰尔心。

牧野洋洋，檀车煌煌，驷䭾彭彭。维师尚父，时维鹰扬。凉彼武王，肆伐大商，会朝清明。

》第 425 页　　普通鵟《图说》第 426 页　　燕　隼《图说》第 427 页
》第 428 页　　黑耳鸢《图说》第 429 页

诗中说，牧野战场宽又广，兵强马壮伐殷商。这里的"尚父"就是指姜尚，即姜子牙。凉，辅佐之意。这位姜太公辅佐周文王、周武王灭了商纣，所以诗中赞美他"维师尚父，时维鹰扬"，也就是说姜太公作为军队统帅，威风凛凛，指挥若定，好似雄鹰飞翔在天际。

另外，《大雅·旱麓》是一首赞美周文王的诗，祝愿他祭祖得福。其第三章云：

鸢飞戾天，鱼跃于渊。岂弟君子，遐不作人？

这里的"岂弟"，音义同"恺悌"，和乐平易。君子，指周文王。遐，通"胡"，何。作，作成，养。这一章以"鸢飞戾天，鱼跃于渊"起兴，相当于先展示了一个"天高任鸟飞，海阔凭鱼跃"的恢宏气象（与君王治国的气度相匹配），然后再说："岂弟君子，遐不作人？"意谓：君子和乐又平易，定会努力育人才。

最后想说的是，虽然《诗经》中出现了隼、鹰、鸢、鹑（雕）等对于猛禽的不同称呼并沿用至今，而且还被作为猛禽的不同的属，但这些名字在古代的意义与现代动物分类学上的猛禽特性存在多大的关联，恐怕就难说得很了。

211

鹪鹩

桃虫化雕雀有角

问题的关键是,小小鹪鹩怎么会"突变"成凶狠的大雕呢?

生活在屋檐下的麻雀

/
谁谓雀无角?
何以穿我屋?
谁谓女无家?
何以速我狱?
虽速我狱,
室家不足!

麻 雀

《诗经》中提到的体形较大的鸟有哪些?答曰:有鹈鹕、秃鹙、白鹳、白鹤等,它们的体长都超过了110厘米,其中最大者如卷羽鹈鹕,体长甚至可达180厘米。那么《诗经》中较小的鸟又有谁?答曰:最小的当属鹪鹩无疑,这种小鸟的体长只有10厘米左右;其次才是麻雀(体长约14厘米)、家燕、白鹡鸰之类的鸟儿。

不过,在《诗经》中,鹪鹩不叫"鹪鹩",而叫"桃虫",并且说这小不点可以变成可怕的大雕;至于麻雀,就是诗中的"雀",也蛮厉害,它居然有"角",可以穿破屋顶。下面,我们就来看看这是为什么。

/ 麻雀有角穿茅屋

按照麻雀与鹪鹩在《诗经》中的出场顺序,先介绍一下麻雀。见《召南·行露》:

厌浥行露,岂不夙夜?谓行多露。
谁谓雀无角?何以穿我屋?谁谓女无家?何以速我狱?虽速我狱,室家不足!
谁谓鼠无牙?何以穿我墉?谁谓女无家?何以速我讼?虽速我讼,亦不女从!

乍一看,这首诗的文字并不算艰涩,语句也比较平实,但它到底在说什么,自古以来却众说纷纭,从来没有统一过。为便于大家理解,还是先大致解释一下文字。厌浥(音同"亦"),潮湿。行(音同"杭")露,即道路上的露水。速,招致。墉(音同"庸"),墙。另外,"谓行多露"中的"谓",与下面两章中的"谓",含义不同:前者通"畏",害怕之意,一说同"唯",是发语词;而后者就是常规的"说"的意思。

那么,此诗的主旨到底是啥呢?

《毛诗序》:"《行露》,召伯听讼也。……强暴之男,不能侵陵贞女也。"即认为此诗是写召伯审案,审的是一个男子企图欺霸女子的案件。宋代朱熹《诗集传》:"女子有能以礼自守,而不为强暴所污者,自述己志,作此诗以绝其人。"古代也有多人认为,此诗说的是女子许嫁之后,由于夫家礼仪不足,因此哪怕打官司逼婚也不从。

现代学者高亨认为,一个妇人嫌弃夫家贫穷,因此回娘家后就再也不肯回夫家,结果被丈夫告到官府,那妇人在公堂上"唱出这首歌,责骂她的丈夫"(《诗经今注》)。余冠英认为,这是一个父亲对企图逼娶其女的强横男子的答复(《诗经选》)。陈子展、向熹等人认为,这是一首写女子拒绝一个已有妻室的男子逼婚的诗。因此,将其翻译成白话文,大致如下:

清晨露水湿漉漉,我岂不想早赶路,就怕露水湿衣物。
谁说麻雀没有角,为何穿破我茅屋?谁说你没有家室,为何逼我进监狱?就算逼我进监狱,我也不和你成婚!
谁说老鼠没有牙,为何钻破我家墙?谁说你没有家室,为何冤我打官司?就算冤我打官司,我也不会从了你!

诗的第二、三章,分别以"雀角""鼠牙"起兴,以雀和鼠暗指强横、卑劣的恶人。这里的"雀",有人说是泛指,即指代各种小鸟。不过,多数学者还是认为,它就是指中国最常见的鸟——麻雀,也叫树麻雀。我觉得,这里的"雀"解释为麻雀是非常合理的。麻雀早已完全适应了与人类共生的生活,在各地都是不迁徙的留鸟,常在屋檐、墙洞、树洞中营巢,因此得了"瓦雀""嘉宾""家雀"等俗名,甚至在中国北方还有"老家贼"的绰号,大概是说麻雀喜欢偷食家中的谷物。

至于雀角的"角"作何解释,自古及今却颇有争议:一说就是指跟兽类一样的角;另一种说法则是将"角"训为"喙",所谓雀角,就是指鸟喙。如今,后一种说法已占主流。在产生《诗经》的时代,民居多为茅屋,麻雀喜欢钻入茅草所盖的屋檐下做窝、避寒。麻雀的嘴呈圆锥状,比较坚硬,善啄食谷物,也善于叼取草茎,故于营巢时将屋顶钻出个小洞,是完全可能的。因此,所谓"雀角穿屋",跟"鼠牙穿墙"一样,都是现实的写照。在后世,"雀角鼠牙"成为成语,泛指狱讼、争吵。

/ 桃虫翻飞变大雕

说完了钻屋惹事的麻雀，接下来聊聊《诗经》中更小却被认为可能会坏大事的鸟——桃虫。见《周颂·小毖》：

予其惩而，毖后患。莫予荓蜂，自求辛螫。肇允彼桃虫，拚飞维鸟。未堪家多难，予又集于蓼。

相比于《召南·行露》，这首诗的文字实在是太佶屈聱牙了，初读简直让人不知所云。甚至，连此诗的断句都有争议，有些人认为"予其惩而毖后患"此句，应该在"惩"字后面断开，而不是在"而"后面。

这首诗到底在说什么呢？大家仔细看就知道，成语"惩前毖后"就出自此诗。原来，这是周成王的自我告诫之诗。西周初期，武王病逝，周成王即位后发生"管蔡之乱"，叛乱被周公平定后，成王自我反思，表示要吸取教训，不要让小事酿成大祸。

先解释一下字义。惩，警戒。毖，谨慎。荓（音同"平"），一说是一种草，也有说这里是"使"的意思。螫（音同"事"），同"蜇"。肇允，"始信"之意。桃虫，鹪鹩，一种很小的鸟。鸟，指大鸟，猛禽。拚，通"翻"。蓼，即蓼科植物，如水蓼、辣蓼等，其味辛、苦，故"集于蓼"相当于说"陷入困境"。

我来试着翻译一下此诗：

希望我能以前事为戒，谨防后患。没有人动过毒蜂，是我自己（不慎）被蜇。（如今）才相信那小小的鹪鹩，（一不留神）竟会翻飞为凶猛的大雕。国家本已多难，让人难以忍受，我又陷入困苦之中！

那么，"桃虫"是什么鸟呢？最初，《尔雅》等古书将其解释为"鹪"，也是指一种小鸟。到了三国陆玑所著的《毛诗草木鸟兽虫鱼疏》，才明确为鹪鹩。陆玑云："桃虫，今鹪鹩是也，微小于黄雀，其雏化而为雕，故俗语'鹪鹩生雕'。"这一说法，遂沿用至今。当然，鹪鹩这种小鸟，早在战国庄周时代就颇"有名"，《庄子·逍遥游》中说："鹪鹩巢于深林，不过一枝；偃鼠饮河，不过满腹。"庄子拿鹪鹩、鼹鼠之类的微小的动物为喻，说人的实际需求非常有限，故不可贪心，否则就会有害。

那么，问题的关键是，小小鹪鹩怎么会"突变"成巨大的猛禽呢？其实，"其雏化而为雕"并不神秘，只是古人体物不精，不明白其中的道理，就凭直接观察说"某物化为某物"。类似的现在看来比较可笑的说法比比皆是，如《礼记·月令》中描述寒露时节的物候，就有"爵（通"雀"）入大水为蛤"之句。大水,指海水。深秋时节,鸟雀怎么会变成贝壳呢?原来,古人不懂鸟类迁徙,不明白天冷之后为何很多鸟雀都不见了,就以为它们变成了海边的贝壳——估计是觉得其条纹及颜色与鸟雀羽毛相似。

而现代学者早已弄明白,所谓"鴽鹩生雕",就是"巢寄生"的一个普通例子罢了。这跟东方大苇莺之类的小鸟抚育比自己大几倍的大杜鹃(俗称"布谷鸟")的雏鸟是一个道理。也就是说,并不是东方大苇莺的雏鸟后来变成了大杜鹃,而是大杜鹃偷偷将其卵产在了东方大苇莺的巢中,大杜鹃的雏鸟孵化出来后,凭本能把东方大苇莺的卵或雏鸟推挤出巢外,然后被蒙在鼓里的东方大苇莺就充当了"义亲",把大杜鹃雏鸟喂养大。

《中国科学报》曾登过一篇题为《〈诗经〉中的桃虫》的文章(2018年8月10日,作者张叔勇),文中说:"(桃虫变大鸟)如果说有什么可能性的话,那就是这类鸟或许会被杜鹃类野鸟如鹰鹃所寄生,毛诗中所说的'鴽鹩生雕',很可能是看起来有点像是猛禽的鹰鹃而已。"我觉得这个说法很有意思,因为它不仅说出了鴽鹩被"巢寄生"的道理,而且进一步有理有据地猜测鴽鹩很可能是被鹰鹃所寄生了。确实,2006年我刚拍鸟的时候,在杭州西溪湿地,第一次见到迎面飞来并停在树枝上的鹰鹃,就误以为那是一只猛禽。

遗憾的是,我迄今没有见到过鴽鹩。鴽鹩在中国北方的很多地方以及台湾均是留鸟,并不罕见,不过在华东、华南的沿海地区则属于冬候鸟,似乎颇难见到。据我所知，在浙江境内，拍到过鹪鹩的人极少。

《中国鸟类野外手册》中对鹪鹩的习性有极为有趣的描述，让我过目难忘："尾不停地轻弹而上翘。在（植被）覆盖下悄然移动，突然跳出责骂旁观者又轻捷跳开。飞行低，仅振翅作短距离飞行。冬季在缝隙内紧挤而群栖。"

若有机会，我真的很想很想去看看这个机灵可爱的褐色的小不点儿。

小白额雁

雍雍鸣雁盼君来

一位深情的女子在河边等候爱人,听到野鸡、大雁的鸣叫,看着渡口船来人往,不禁思绪万千。

鸿　雁

／
鸿雁于飞，
肃肃其羽。
之子于征，
劬劳于野。

不知道大家注意到没有,在中国古典诗歌中,大雁与燕子或许是出现频率最高的两种鸟类。它们之所以在古诗中频频出现,主要因为它们都是常见的候鸟,春来秋去,犹如人间的分分合合,令人感慨。

不过,若细究起来,大雁之入诗,与燕子还是有所不同。首先,在古诗里,燕子多跟春天有关,大雁则与秋天关系更密切。秋风起兮,雁阵南飞,一会儿呈"一"字形,一会儿呈"人"字形,很美,也很令人惆怅。其次,大雁跟人世的情感、婚姻的关系比较密切,有"鸿雁传书"之说,更有求婚用"雁礼"之习俗。

自然,雁与燕,最早"飞翔"在古诗,也是在《诗经》中。关于燕子,详见《燕燕于飞伤离别》,这里单讲大雁。

渡口雁鸣盼情郎

《诗经》里出现"雁（鸿）"的诗多达六首，其中五首是明确关于鸟类的（没有争议）。如果把"鸿"也算在内的话，大雁在《诗经》中出现的次数，跟"黄鸟"持平，而仅次于雉鸡类（八首）。

有趣的是，大雁在《诗经》中第一次亮相，是和雉鸡同时出现的，见《邶风·匏有苦叶》：

匏有苦叶，济有深涉。深则厉，浅则揭。

有弥济盈，有鷕雉鸣。济盈不濡轨，雉鸣求其牡。

雍雍鸣雁，旭日始旦。士如归妻，迨冰未泮。

招招舟子，人涉卬否。人涉卬否，卬须我友。

乍一看，这首诗中生僻字很多，似乎很难懂，其实不然，此诗写的是很平常的场景：深秋或初冬的清晨，一位深情的女子在河边等候爱人，听到野鸡、大雁的鸣叫，看着渡口船来人往，不禁思绪万千。

当然，还是有必要具体解释一下。匏（音同"袍"），即葫芦，古人涉水时将其带在身上以防溺水。苦，通"枯"。厉，连衣下水过河。揭，揽起衣裳。弥，大水茫茫的样子。鷕（音同"咬"），雉鸣声。雍雍，和鸣之声。泮（音同"盼"），本义是融化，不少学者认为这里通"牉"，是合的意思，"冰未泮"即"还没结冰"。卬（音同"昂"），即"我"，女性第一人称代词。

我来试着把诗翻译一下：

葫芦的叶子枯了，带葫芦过河不怕济水深。水深，连衣下河能涉水；水浅，揽起衣裳就可过。

济河之水白茫茫，雄鸡声声在叫唤。河水虽满呦，也就到半个车轮；雌鸡鸣叫呦，是为求雄鸡。

旭日东升红彤彤，大雁和鸣多欢畅。哥若有心把妹娶，莫等冰封快过河。

船夫摇橹在召唤，别人过河我不走。别人过河我不走，我在等哥过河来。

此诗即景即情，直抒胸臆，情感真挚动人，很有民歌的艺术风味。诗中涉及两种鸟类，即雉鸡与大雁。关于雉鸡，详见《野雉朝雌传爱意》。那么大雁的和鸣，为什么也跟婚事有关呢？比较普遍的说法是："古代婚礼用雁，但雁是候鸟，秋天南飞，春天北归。当无雁之时，婚礼则用鹅。这是诗人听到雁声，联想到自己的婚事。"（程俊英、蒋建元《诗经注析》）确实如此，在浙江宁波的地方习俗中，毛脚女婿在端午节到未来丈人家送礼，是要挑大白鹅去的。更何况，在此诗中，女子听到的很可能是雁群南飞时的鸣叫之声，我想难免会勾起岁月如梭、青春易逝的感慨吧？

哀鸿于飞伤心怀

同样是雁群的鸣叫声,在《匏有苦叶》中是欢愉的和鸣,但在《小雅·鸿雁》中却成了"哀鸣嗷嗷":

鸿雁于飞,肃肃其羽。之子于征,劬劳于野。爰及矜人,哀此鳏寡。

鸿雁于飞,集于中泽。之子于垣,百堵皆作。虽则劬劳,其究安宅?

鸿雁于飞,哀鸣嗷嗷。维此哲人,谓我劬劳。维彼愚人,谓我宣骄。

关于此诗的主题,历来说法不一,有的说是周王派使者到各地接济流民,也有的认为是流民在自叙悲苦、诅咒徭役,如朱熹云:"流民以鸿雁哀鸣自比而作此歌也。"(《诗集传》)。我个人比较赞同朱熹的说法。现代研究者余冠英、程俊英等大家也持此观点。

肃肃,鸟儿振翅飞行的声音——《诗经》里另有"肃肃鸨羽"之句,用法一样。劬(音同"渠")劳,辛劳。矜(音同"今")人,穷苦的人。鳏(音同"关"),老而无妻者。寡,老而无夫者。中泽,即泽中,湿地沼泽之中。按照余冠英的翻译,此诗的大意是:那些被征服徭役者,都是穷苦孤独的可怜人,他们在野外辛苦劳作,筑起高墙,自己没有安身之地。明白事理的人,知道我们很辛苦;那些愚人,还说我们不安分。

诗三章,均以"鸿雁于飞"起兴,分别以"肃肃其羽"喻被征远行的辛劳,以"集于中泽"喻在野外劳作(或者,也可能是反衬的手法,即以飞行的雁群尚得在湿地中暂息来反衬流民们忙于筑墙,不得休息),以"哀鸣嗷嗷"喻流民悲苦的呼号之声。

正所谓"一切景语皆情语",哪怕是相同的场景,在不同心情的人看来,感觉也会完全不同。在《匏有苦叶》中,女子在渡口等候情郎,虽然有点焦急,但毕竟充满了对未来美好生活的期待;而在《鸿雁》中,大雁的鸣叫却成了"哀鸣嗷嗷"!成语"哀鸿遍野"即来源于此。

这里有一个问题,雁与鸿雁有什么不同吗?有人说,"大者为鸿,小者为雁"。那么,我想问,该拿什么标准来确定大小呢?

《诗经动物释诂》一书认为,《诗经》中出现的"雁与鸿雁为不同物",《匏有苦叶》等诗中的"雁"为泛指,但"以豆雁释之较妥";而《鸿雁》《九罭(音同"玉")》这两首诗中的"鸿雁"或"鸿",则特指鸿雁——即现代鸟类分类学中的"鸿雁"这种鸟。豆雁是现代相对比较常见的一种大雁,且分布很广;而鸿雁是体形较大的一种大雁,是家鹅的祖先,其"飞行时作典型雁叫"(《中国鸟类野外手册》)。或许,这是研究者为《诗经》中的"雁"与"鸿"作区分的主要理由吧。

不过,我个人认为,《诗经》中出现的不论雁、鸿还是鸿雁,都泛指大雁,不必确定为具体的哪一种,如豆雁、鸿雁、白额雁、小白额雁等均可。就像余冠英解释此诗的"鸿雁"时所说,"鸿与雁同物异称,或复称为鸿雁"。

/ 鸿罹渔网义难解

《诗经》里出现"雁(鸿)"的诗共六首,上文已就其中的两首作了详细解读,其余四首分别是《郑风·女曰鸡鸣》《郑风·大叔于田》《豳风·九罭》《邶风·新台》。

其中,《郑风·女曰鸡鸣》中有"将翱将翔,弋凫与雁"之句,解读详见《野凫轻鸥皆自得》。

《郑风·大叔于田》是一首叙述打猎场景,赞美猎人的诗,其中有"叔于田,乘乘黄。两服上襄,两骖雁行"等句,其大意是:大叔出来打猎,驾着一车四马(均为黄马)。中间驾辕的马儿(即"两服")昂头向前跑,外侧两匹马(即"两骖")紧紧跟随如雁阵之飞行。

《豳风·九罭》是一首"主人留客"之诗,共四章,中间的二、三章云:

鸿飞遵渚,公归无所,于女信处。
鸿飞遵陆,公归不复,于女信宿。

信处、信宿,均是再住一晚,即住两晚之意。两章均以"鸿飞"起兴,先说鸿沿着水中沙洲飞,后说鸿沿着陆地飞,似乎是在说尊贵的客人步履匆匆,急于归去。因此下文才说"于女信宿",即"希望你再住一晚"。

有学者认为这里的"鸿"应解释为"鸿鹄",即天鹅,理由估计来自《毛传》和《郑笺》。《毛传》:"陆非鸿所宜止。"《郑笺》:"鸿,大鸟也,不宜与凫鹥之属飞而循渚。"我认为这样的说法都站不住脚,不管这里的鸿是大雁还是天鹅,跟"凫鹥之属"(即野鸭与鸥鸟)一样沿着水中沙洲飞,实为再正常不过的事。至于陆地"非鸿所宜止"更是毫无道理。雁鸭类(包括天鹅)的鸟,喜到农田中觅食,这一景象在如今的鄱阳湖一带依旧常见,它们怎么会不栖于陆地?因此,我认为,在没有充分的证据之前,《豳风·九罭》里的"鸿",还是解释为大雁为宜,至少,可以认为解释为大雁或天鹅均可。

其实,对于《诗经》中的"鸿"的理解,分歧最多的来自《邶风·新台》。这是一首著名的讽刺诗,全诗如下:

新台有泚,河水弥弥。燕婉之求,籧篨不鲜。
新台有洒,河水浼浼。燕婉之求,籧篨不殄。
鱼网之设,鸿则离之。燕婉之求,得此戚施。

这首诗的用意,是挖苦卫宣公这个荒唐的国君。他为儿子聘齐女为妻,后来知道新娘子是个大美人,竟改变主意,在黄河边上筑新台,把新娘截留下来,霸为已有。诗的大意是:雄伟的新台矗立黄河岸边,河水滔滔奔流而去。本想嫁个温柔美少年,谁知被丑恶如癞蛤蟆的糟老头霸占了。

古代学者通常认为这里的"鸿"也是鸟名。如朱熹认为:"鸿,雁之大者。"不过,余冠英、程俊英、周振甫等不少现代研究《诗经》的名家都采纳了闻一多《诗经通义》中的说法,即认为鸿是"䳒"(音同"龙")的假借字,而䳒即苦䳒,是蟾蜍的民间俗称之一。一句话,诗中的鸿与篷篨、戚施一样,均指癞蛤蟆。

我也觉得,把"鸿"理解为大雁或天鹅,确实颇为勉强。理由一:渔网通常在水下,一般很难捕获在水面游弋的鸿雁(现在俗称"迷魂阵"的渔网除外)。理由二:就算能缠绕、绊住水鸟,按照通常理解,既然得到了鸿雁,那么从女方的角度说应该惊喜才对,可下一句怎么又说"燕婉之求,得此戚施"呢?

但如果把"鸿"解释为蟾蜍,那么"鱼网之设,鸿则离(通"罹")之"句的意思就是:渔网没有捕到鱼,而是网住了癞蛤蟆,就像嫁人没有嫁到美少年,而是嫁给了糟老头。这就很通顺了。

不过,有趣的是,闻一多后来又在《说鱼》一文中表示了反悔:"我从前把鸿字解释为虾蟆的异名,虽然证据也够确凿的,但与《九罭》篇的鸿字对照了看,似乎仍以训为鸟名为妥。"

说了那么多,关于《诗经》里到底有没有提到天鹅、罹网之鸿到底是癞蛤蟆还是大雁（或天鹅）之类的问题，还是留给读者诸君一起来思考、研究、判断吧，我在这里也不敢强作解人了。

》第434、437页　鸿　雁《图说》第435页　白额雁《图说》第436页
》第438页

鸳鸯

鸳鸯双飞贺新婚

新婚宴尔,鸳鸯于飞。
有人问:鸳鸯会飞吗?

鸳 鸯

/
鸳鸯于飞,
毕之罗之。
君子万年,
福禄宜之。

鸳鸯双飞 贺新婚

说起鸳鸯,你首先会想到什么?

是忠贞不渝的爱情,对吧?

"四张机,鸳鸯织就欲双飞。可怜未老头先白。春波碧草,晓寒深处,相对浴红衣。"大家若读过金庸的武侠小说《射雕英雄传》,一定对老顽童周伯通印象深刻吧。顽皮如周伯通,也逃不过一个"情"字。上面这首词,就是金庸引用来体现周伯通与瑛姑的恋情的。

在中国的古典诗词与绘画等艺术作品中,鸳鸯作为爱情的象征,可谓比比皆是。而鸳鸯第一次出现在古诗中,就是在《诗经》里。

/ 新婚宴尔,鸳鸯于飞

前文讲过,对现在的人来说,《诗经》中很多鸟名很冷僻,压根儿不知道那是一种什么鸟,或者,就算知道,也只是大致了解那是哪一类鸟。但唯有一种鸟,非但古今同名,而且人人皆知,绝对不会搞错,那就是鸳鸯。

鸳鸯在《诗经》的两首诗里出现过,分别是《小雅·鸳鸯》与《小雅·白华》。先来看《小雅·鸳鸯》:

鸳鸯于飞,毕之罗之。君子万年,福禄宜之。
鸳鸯在梁,戢其左翼。君子万年,宜其遐福。
乘马在厩,摧之秣之。君子万年,福禄艾之。
乘马在厩,秣之摧之。君子万年,福禄绥之。

这是一首祝贺贵族新婚的诗。全诗共四章,前两章以"鸳鸯"起兴,象征夫妻生活和美;后两章以"秣马"起兴,则与古代亲迎之礼有关。每一章的后两句,都是祝福之语。"福禄宜之"的"宜"字,引申为安、享之义,下文的"艾""绥"的意思也差不多。

鸳鸯跟结婚有关,这个人人都知道,现代人会说"那是因为鸳鸯是爱情忠贞不渝的象征"之类。那么古人是怎么说的呢?《毛传》:"鸳鸯,匹鸟。"《郑笺》:"匹鸟,言其止则相耦,飞则为双。"还有一种广为流传的说法是:"(鸳鸯)雌雄未尝相离,人得其一,则一思而死。"鸳鸯是否真的如此忠贞刚烈,非得从一而终呢?这个且按下不表。

我刚读这首诗的时候,并不十分理解它用"鸳鸯"来起兴的具体含义。因为,其开始先说"鸳鸯于飞,毕之罗之"(毕,指有长柄的捕鸟网;罗,指无柄的捕鸟网),我想,既然以鸳鸯比喻夫妻,那应该说它们双飞双宿、自由自在才对啊,为何下一句是"毕之罗之"即被捕捉了呢?后来,我看到有研究者说"鸳鸯双双落网只象征着福禄双至"(林赶秋《诗经里的那些动物》),因此下文才有"君子万年,福禄宜之"之句。我觉得这个说法有道理,毕竟古时候人们靠狩猎为生,捕捉鸳鸯是常有的事,因此用"喜获鸳鸯"来暗指"福禄双全"也很在理。

相关的场景见《郑风·女曰鸡鸣》。诗中描写夫妻对话时有"将翱将翔,弋凫与雁"之句,接下来还说"弋言加之,与子宜之。宜言饮酒,与子偕老"。在这里,男的说:"我出门去打猎,射到野鸭与大雁。"女的回答说:"你打猎回来,我来做佳肴下酒吃,祝我们白头偕老。"

相对而言,"鸳鸯在梁,戢其左翼。君子万年,宜其遐福"这四句就好理解多了。鸳鸯在鱼梁上安安稳稳睡觉,扭头把喙插入左翼,以此来比喻"君子"婚后可以安享"遐福"(遐,即长远之义)。

而《小雅·白华》中则说:"鸳鸯在梁,戢其左翼。之子无良,二三其德。"这里,是用鸳鸯来"反兴"那"二三其德"的男子抛弃了女子。关于此诗的详细解读，见《秃鹙何辜遭人嫌》一文。

至于为什么说"秣马"（即"喂马"）也跟成亲有关，其实类似的说法在《诗经》中早有先例。《周南·汉广》是一首情诗，讲一名男子喜欢上一名女子，却可望而不可即，难遂心愿，于是只能想象准备婚礼的场景，故诗中有"之子于归，言秣其马""之子于归，言秣其驹"等句，其大意是："那个女子如能嫁给我，我就赶紧把马儿喂个饱。"潜在之意是，喂饱马儿，就好驾车去迎亲。

鸳鸯双飞贺新婚

鸳鸯会飞吗？

不要笑我写下这么一个貌似无厘头的小标题，在现实生活中，还真有很多人对"鸳鸯会飞"这个看似毋庸解释的事实颇感不解。其中的原因到底是什么？我也有点好奇。推想起来，或许恰恰因为鸳鸯在中国古典文化中太有名了，"出镜率"太高了，以至于人们反而对鸳鸯有了一种刻板的印象，再加上野外观察的缺失，才会对鸳鸯产生种种看似不可思议的误解。

是的，《诗经》之后，鸳鸯作为一个经典意象，在古诗词中出现的频率太高了，挑几首大家比较熟悉的，如：

文采双鸳鸯，裁为合欢被。

——汉代《古诗十九首》

中有双飞鸟，自名为鸳鸯。仰头相向鸣，夜夜达五更。

——汉乐府民歌《孔雀东南飞》

得成比目何辞死，愿作鸳鸯不羡仙。

——唐·卢照邻《长安古意》

泥融飞燕子，沙暖睡鸳鸯。

——唐·杜甫《绝句》

终易散，且长闲。莫教离恨损朱颜。谁堪共展鸳鸯锦，同过西楼此夜寒。

——宋·晏几道《鹧鸪天·一醉醒来春又残》

诗词之外，鸳鸯也频频出现在绘画作品中。而且，相当多的画作所展示的场景正如本文一开始所引用的词句："春波碧草，晓寒深处，相对浴红衣。"有时，无非把"春波碧草"变成"青青荷塘"罢了。于是，很多人下意识地认为，鸳鸯这种鸟始终雌雄相伴，在碧波荡漾的水塘中游弋——简直就像家养的鸭子一样，从未见到它们飞翔。

关于鸳鸯，我说一下自己经历的真事。在浙江宁波的北郊，有个湖叫荪湖，离我家只有15分钟车程。每年深秋，都有一两百只的鸳鸯从北方飞来，到荪湖越冬。最近几年的秋冬时节，我曾多次带队，带着孩子们及其父母，一起到荪湖看鸳鸯。几乎每一次，当看到鸳鸯们在湖面上空群飞的时候，都会有人惊呼："啊，鸳鸯会飞啊？！"听到这样的惊呼，一开始我也是大吃一惊,心想怎么有人连鸳鸯会飞都不知道。后来,听得多了,才习以为常。于是,我不厌其烦地解释:鸳鸯属于鸭科鸟类,也就是说,它就是一种野鸭。野鸭嘛,自然会飞啦!鸳鸯在我们这里以冬候鸟为主,它们每年秋末从我国北方飞来越冬,次年早春再飞回北方繁殖地。

是的,在分类学上,鸳鸯是属于雁行目鸭科的鸟类。野鸭,在古文中叫作"凫"或"野凫"。《诗经》中就有"凫""雁"这样的字眼,之所以把鸳鸯"单列"出来命名,估计是因为鸳鸯这种鸟实在太漂亮了,跟别的凫很不一样。

当然,说鸳鸯羽色华美、光彩照人,是指其雄鸟而言。不过,得澄清的是,雄鸳鸯也不是一年四季都如此亮丽。其实,每年繁殖期的后期,雄鸳鸯的羽色也会更换,变得跟雌鸳鸯差不多——低调、不起眼的灰褐色,此之谓"蚀羽"。不过,此时分辨鸳鸯的雌雄也不难,因为雄鸳鸯的喙还是保持红色,而雌鸟的喙为灰褐色。

另外,鸳鸯也并非如古人所说"从一而终",其雄鸟与雌鸟只在繁殖期配对时显得形影不离,其他时间还是各管各的。

绿头鸭

野凫轻鸥皆自得

"好肥的野鸭,正好打来下酒!"其实,就算渔猎时代的古人,也不只是想着吃。

鸥嘴噪鸥

江面上的黄腿银鸥

/
凫鹥在泾,
公尸来燕来宁。
尔酒既清,
尔肴既馨。
公尸燕饮,
福禄来成。

"好肥的野鸭,正好打来下酒!"

以前在海边拍水鸟的时候,常有路过的闲客围过来,说类似这样的话。当然,不止于鸟,许多人对我拍到的野生动植物,不关心它们是什么,更不关心珍稀与否,上来就问:可以吃吗?好吃吗?有毒吗?

这自然叫人哭笑不得。看到一样东西,首先关注它是否可以食用,这是一种非常古老的思维定式。在距今两三千年的产生《诗经》的时代,基本上还是渔猎社会,猎捕野生动物是获得动物蛋白的重要途径,那时候说"好肥的鸭子正好下酒"无可非议。不过,就算在那个时候,古人也不只是想着吃,也有对野鸭进行欣赏的时候——按照美学上的说法,叫作"审美观照"。

将翱将翔,弋凫与雁

《诗经》里有一首非常有趣的诗,即《郑风·女曰鸡鸣》,其主要内容是夫妻情话,全诗如下:

女曰"鸡鸣",士曰"昧旦"。"子兴视夜,明星有烂。""将翱将翔,弋凫与雁。"

"弋言加之,与子宜之。宜言饮酒,与子偕老。琴瑟在御,莫不静好。"

"知子之来之,杂佩以赠之。知子之顺之,杂佩以问之。知子之好之,杂佩以报之。"

照例先解释一下字词。昧旦,天将亮未亮之时。明星,启明星。弋,用带绳子的箭射鸟。凫,野鸭。加,射中。杂佩,各种玉石。另外,这里的"翱翔",不是指鸟飞翔,而是指人出门遨游。同样的用法,见《郑风·有女同车》:"有女同行,颜如舜英。将翱将翔,佩玉将将。"

大家一定已经注意到,这首诗被加上了很多引号,这样的句读在"诗三百"里是不多见的。按照现在的说法,此诗实为小夫妻床头对话的"秀恩爱"之诗:

女子(娇羞地)说:"鸡都叫啦,好起床了!"

男子(还赖在床上):"天还没亮呢!"

女:"你起来看看,启明星很亮了!"

男:"好吧好吧,我出去走一趟,打下野鸭与大雁。"

女:"你打猎归来,我烹调佳肴,我们一起喝酒。琴瑟静好,白头到老。"

男:"我知道你勤快又温柔,送你玉石作回报!"

有趣的是,《齐风·鸡鸣》也描述了类似的场景:"鸡既鸣矣,朝既盈矣。匪鸡则鸣,苍蝇之声。"前面两句是女的说的:"鸡都叫三遍了,朝堂上的人都满了,快起床上朝去吧!"男的回答近乎撒娇:"哪有鸡叫啊,分明只是苍蝇嗡嗡响。"

有点跑题了,言归正传。《女曰鸡鸣》中提到两种野生鸟类:凫与雁。凫也好,雁也好,按照现在的分类,它们都属于雁形目鸭科的鸟类,统称雁鸭类。关于大雁,详见《雍雍鸣雁盼君来》一文,这里单讲"凫",即通常所说的野鸭。三国陆玑《毛诗草木鸟兽虫鱼疏》:"凫,大小如鸭,青色,卑脚(注,短腿之意),短喙。"陆玑所谓"鸭",指的是家鸭。《诗经》里提到了人工驯养的鸡,也提到了野鸡(雉),却没有"鸭"这个字,只有"凫"。当然,家鸭也是由野鸭驯化而来的,其中,绿头鸭就是家鸭的重要祖先。

明朝李时珍《本草纲目》中对"凫"有较详细的解释:"凫从几,短羽高飞貌,凫义取此。《尔雅》云:鸠(音同"迷"),沉凫也。凫性好没故也。……凫,东南江海湖泊中皆有之。数百为群,晨夜蔽天,而飞声如风雨,所至稻粱一空。"这里说,野鸭善飞翔,善潜水,栖息在江海湖泊中,常成大群至农田觅食,这些描述还是蛮准确的。

/ 凫鹥在泾，来燕来宁

如果说在《女曰鸡鸣》中，野鸭是被猎杀的对象和下酒菜，体现的是它的实用性的话，那么在《大雅·凫鹥》中，它们就只是作为被观赏的对象而存在，就算谈不上艺术性，至少也是非功利性的。其诗如下：

凫鹥在泾，公尸来燕来宁。尔酒既清，尔肴既馨。公尸燕饮，福禄来成。

凫鹥在沙，公尸来燕来宜。尔酒既多，尔肴既嘉。公尸燕饮，福禄来为。

凫鹥在渚，公尸来燕来处。尔酒既湑，尔肴伊脯。公尸燕饮，福禄来下。

凫鹥在潨，公尸来燕来宗。既燕于宗，福禄攸降。公尸燕饮，福禄来崇。

凫鹥在亹，公尸来止熏熏。旨酒欣欣，燔炙芬芬。公尸燕饮，无有后艰。

说实在的，这首诗的艺术性明显不如《女曰鸡鸣》，而是"充斥着一派大吃大喝、求福求禄的气氛"（程俊英、蒋见元《诗经注析》）。为什么这么说呢？研究者通常认为，此诗讲的是：祭祀的次日，周王为扮作祖先或神祇的"公尸"设宴。宴席上酒菜丰盛，大家酒足饭饱，又祈求福禄双至。诗中的"燕"，通"宴"，宴饮。鹥（音同"医"），即鸥鸟。

全诗五章，每一章均以"凫鹥在……"起兴。所谓"泾、沙、渚、潀（音同"从"，水流交汇处）、亹（音同"门"，峡中两岸对峙如门的地方）"，都是指河流中或水边。第一章"凫鹥在泾，公尸来燕来宁。尔酒既清，尔肴既馨。公尸燕饮，福禄来成"，大致可以翻译成："野鸭鸥鸟栖息在水中央，公尸赴宴多么安宁。你的美酒真清洌，你的佳肴香味浓。公尸赴宴来品尝，为你多多降福禄。"其他四章意思差不多。

撇开其他不谈，这里还是来聊聊鸟类。"凫"已经说过了，现在单讲"鹥"。关于鹥为何鸟，自古无异议，均说是鸥。如南宋罗愿《尔雅翼》："鹥，鸥也，一名水鸮。《海物异名记》曰：鸥之别类，群鸣喈喈。随潮往来，谓之信凫。"其实，鸥跟野鸭在分类上并无关系，古人之所以称之为"信凫"，是因为两者有一个共性，即都会成群漂浮于水上，而且体形大小也近似。《大雅·凫鹥》以"凫鹥在泾"起兴，就是借野鸭鸥鸟悠闲自得地悠游于碧波之上，来烘托"公尸燕饮"的欢快、轻松的气氛。显然，在这里，野鸭与鸥鸟更具有美学上的意义。

/ 鸥鸟忘机，淡泊为怀

在《诗经》里，凫与鹥，分别是野鸭与鸥类的统称，并无专指。

中国有分布的野鸭（不含雁与天鹅）有近40种，光我在华东沿海地区见过的就有20多种，它们多数为迁徙的候鸟。有的研究者以绿头鸭来释"凫"，其实不必拘泥于一种或两三种野鸭。在《诗经》时代，人们对鸟的分类是非常粗线条的，因此各种常见野鸭如绿头鸭、绿翅鸭、斑嘴鸭、琵嘴鸭之类，都可以是凫。

顺便再说一句，《诗经》里提到"凫"这个字的，共有三首诗，除了上述两首，还有一首是《鲁颂·閟宫》，里面有"保有凫绎，遂荒徐宅"之句。不过，这里的"凫"指的不是鸟，而是跟"绎"一样，都指山名，即凫山与绎山，均在今山东邹城之南。

中国的鸥科鸟类也有40多种，分贼鸥、银鸥、燕鸥等不同种类，常见的有西伯利亚银鸥、黄腿银鸥、黑尾鸥、红嘴鸥、黑嘴鸥、鸥嘴噪鸥、须浮鸥、白翅浮鸥等。

《诗经》之后，屈原在《楚辞》里，也提到了"凫"与"鹥"。

《卜居》中有言："宁昂昂若千里之驹乎？将泛泛若水中之凫，与波上下，偷以全吾躯乎？"屈原在问：我难道要像随波逐流的野鸭，与世浮沉，以苟且

绿头鸭
黄腿银鸥
西伯利亚

偷生吗？

《离骚》中说："驷玉虬以乘鹥兮，溘埃风余上征。朝发轫于苍梧兮，夕余至乎县圃。"这里的"鹥"（音同"义"），含义跟《诗经》中不同，是凤凰的别名。

最后再回到"好肥的野鸭"这个话题来。说真的，如果到现在还喜欢说这样的话，那实在是一件可羞的事情。《列子》中讲了一个很有名的寓言，即成语"鸥鸟忘机"的来源：

海上之人有好鸥鸟者，每旦之海上，从鸥鸟游。鸥鸟之至者，百住而不止。其父曰："吾闻鸥鸟皆从汝游，汝取来，吾玩之。"明日之海上，鸥鸟舞而不下也。

鸟儿很聪明，当人怀巧诈之心，欲图捕鸟时，就"舞而不下"，不愿跟人亲近了。

所以，在注重人与自然和谐共生的当代，大家若不再想着"好肥的野鸭"，而都能乐见"凫鹥在泾"，与鸟儿"相忘于江湖"，岂不美哉？

白 鷺

大白鷺

西泽振鹭迎嘉宾

"呦!好久不见,您还是那么英俊潇洒,帅得跟白鹭一样!"

振鹭于飞，
于彼西雍。
我客戾止，
亦有斯容。

四 泽振鹭迎嘉宾

"呦！好久不见，您还是那么英俊潇洒，帅得跟白鹭一样！"

试想一下，现在如果有谁这么恭维远道而来的客人，恐怕不被人骂"神经病"才怪！

不过，还别说，这事儿如果放到两三千年以前，说不定还真可以有。不信？有诗为证："振鹭于飞，于彼西雍。我客戾止，亦有斯容。"这个"斯容"，指的就是白鹭之容。欲知详情，且看下文分解。

/"振鹭于飞"美风神

上面所引诗句出自《周颂·振鹭》,全诗如下:

振鹭于飞,于彼西雍。我客戾止,亦有斯容。在彼无恶,在此无斁。庶几夙夜,以永终誉。

通常认为,这首诗是周王宴请来朝的诸侯时所奏的乐歌。雍,水泽,亦即现在所谓湿地。戾,至。斁(音同"亦"),厌倦,厌弃。整首诗的大意是:"西边的水泽里,白鹭成群,振翅飞翔。我的客人来了,其潇洒仪容一如美丽、高洁的白鹭。(尊贵的客人)在本国无人怨恨,来这里也很受欢迎。愿你们勤勉为政,永葆美好声誉!"

跟"国风"中的很多诗歌一样,此诗用了"见物起兴"的表现手法,即"诗人以白鹭群飞于西雍,象征诸侯为客于周京",这在《周颂》中是罕见的(详见程俊英、蒋见元《诗经注析》)。

类似"振鹭于飞"的用法在《鲁颂·有駜》中还有:

有駜有駜,駜彼乘黄。夙夜在公,在公明明。振振鹭,鹭于下。鼓咽咽,醉言舞。于胥乐兮!

有駜有駜,駜彼乘牡。夙夜在公,在公饮酒。振振鹭,鹭于飞。鼓咽咽,醉言归。于胥乐兮!

西泽振鹭迎嘉宾

> 有駜有駜，駜彼乘駽。夙夜在公，在公载燕。自今以始，岁其有。君子有穀，诒孙子。于胥乐兮！

这是一首典型的"宴饮诗"，其创作的背景是：鲁僖公君臣上下勤勉一心，国内五谷丰登，故君臣欢宴，饮酒作乐。駜（音同"必"），形容马儿肥壮的样子。明明，即"勉勉"，勤勉之意，因此"夙夜在公，在公明明"就是"日日夜夜为公事操劳"的意思。诗三章，均以"于胥乐兮"作结，此句翻译成大白话，就是："大家真开心啊！"

诗的前两章，均有"振鹭"之句，前后只差一个字，即"下"与"飞"不同而已。关于这首诗中提到的白鹭，到底是指真实的鹭鸟还是指有人执鹭羽而舞，历来注析《诗经》的名家有不同看法。大儒朱熹认为："鹭，鹭羽，舞者所持。或坐或伏，如鹭之下也。"（《诗集传》）现代学者程俊英、蒋见元同意这个说法，认为"这句描写舞者表演鹭鸶飞翔而下的舞姿"（《诗经注析》）。

不过，陈子展、向熹等人都认为诗中的"振鹭"指的是鸟类本身。如，向熹将"振振鹭，鹭于下。鼓咽咽，醉言舞"译为："一群白鹭振翅飞，忽而上升忽而下。鼓儿敲得咚咚响，酒醉起舞兴难罢。"

胡淼在《〈诗经〉的科学解读》中则提出："这里以鹭喻前来参宴的官员。"但他认为也可能是指用鹭羽作舞蹈的道具。

"值其鹭羽"舞翩翩

不管怎么说,白鹭在当时被认为是风姿美妙的象征,因此既可以直接用来形容人的风采,也可以用鹭羽来表达舞蹈之美。甚至,执鹭羽而舞的人,成了观舞者爱慕的对象,见《陈风·宛丘》:

子之汤兮,宛丘之上兮。洵有情兮,而无望兮。
坎其击鼓,宛丘之下。无冬无夏,值其鹭羽。
坎其击缶,宛丘之道。无冬无夏,值其鹭翿。

陈国巫风盛行,而巫术往往跟舞蹈有密切关系。关于此诗主旨,古时通常认为是"斥幽公也",即批评陈幽公放荡无度。而现代学者大都认为,这首诗所描写的,就是一位手持(或头戴)鹭羽而舞的巫女舞姿美妙动人,深深打动了一个男子的心,害得他"单相思"。诗中的"宛丘"是地名。子,指跳舞的巫女。"汤"通"荡",形容舞姿摇摆。鹭翿(音同"道"),跟鹭羽一样,都是舞者的道具。

现在,我们且闭眼遥想一下当时的场景:不管炎夏还是寒冬,击鼓之声咚咚响,美丽的巫女头上插着的、手里拿着的,都是洁白的鹭羽,她扭动着腰肢,舞姿是如此妖娆、热烈。可叹一位观舞的男子,"洵有情兮,而无望兮",即"我真的很喜欢她呀,却又没有一丝希望"。

279

那么，白鹭为什么会被认为是风姿美妙的象征呢？这个简单，当然是跟白鹭本身的形态之美有关。白鹭全身洁白、身材高挑，喜欢在水中踱步觅食，体态优雅；其振翅飞翔的时候，身姿更是轻盈动人。自古及今，白鹭都是中国的常见水鸟，所以很容易被目睹并打动诗人的心，从而得以入诗。《诗经》之后，描写鹭鸟的中国古典诗歌多到难以计数，兹不举例。

应该说，在古人眼里，凡是白色的鹭鸟恐怕都被统称为"白鹭"（有时甚至会被称为"白鹤"）了。按照现代鸟类学的分类方法，我国的常见"白鹭"主要有白鹭、中白鹭和大白鹭。我不知道古代的情形如何，当代最常见的白色鹭鸟就是上面与中白鹭、大白鹭相对而言的白鹭，由于它在三者之中体形最小，故又称"小白鹭"。在繁殖期，白鹭的脑后会有两根长长的白色饰羽。这种饰羽是中白鹭、大白鹭所没有的。在起飞的时候，白鹭的这两根饰羽更为其增添了飘逸的美感。

顺便说一下，国内可以见到的"白鹭"还包括黄嘴白鹭与牛背鹭。目前，黄嘴白鹭属于濒危物种，非常罕见。春夏繁殖期，牛背鹭头部羽色是金黄的，故不会被认错，但一过繁殖期，其全身均为白色，很容易被误认为白鹭。不过，如果仔细观察的话，两者还是容易分辨的：白鹭具有黑色的喙及黄色的脚趾；而牛背鹭的特征刚好相反，即它的嘴是黄色的，脚趾是黑色的。

"白鸟翯翯"飞古今

在《诗经》里,上述三首诗明确提到了"鹭"这个字。还有一首诗,尽管没有"鹭"字,但很可能也是在描写白鹭,那就是《大雅·灵台》。其诗共四章,前两章如下:

经始灵台,经之营之。庶民攻之,不日成之。经始勿亟,庶民子来。
王在灵囿,麀鹿攸伏。麀鹿濯濯,白鸟翯翯。王在灵沼,于牣鱼跃。

这是一首记述周文王建造灵台并在其中游赏的诗。从描述来看,这灵台像是一座规模宏大的皇家园林,里面养了不少动物,故有母鹿散步、白鸟悠游、鱼跃池沼之景。那么,这里的"白鸟"到底是什么鸟?诗中说"白鸟翯翯"(翯翯,音同"赫赫",形容鸟儿羽毛洁白有光泽的样子),因此,学者们有的将"白鸟"理解为白鹤,有的注释为白鹭,也有的不作注解,在译为白话文时还是使用"白鸟"二字,其实都没关系。

在后世的中国古典诗词中,"白鸟"出现的次数非常多。如唐代杜甫的《曲江对酒》:

苑外江头坐不归,水精春殿转霏微。桃花细逐杨花落,黄鸟时兼白鸟飞。纵饮久判人共弃,懒朝真与世相违。吏情更觉沧洲远,老大悲伤未拂衣。

这里的"白鸟"与"黄鸟"相对,并且出现在曲江畔,因此很可能就是指一种白色的水鸟,如白鹭或某种白色的鸥之类。

再看下面这两首比较有名的诗词:

长忆西湖,尽日凭阑楼上望。三三两两钓鱼舟。岛屿正清秋。

笛声依约芦花里,白鸟成行忽惊起。别来闲整钓鱼竿。思入水云寒。

——北宋·潘阆《酒泉子·长忆西湖》

江头落日照平沙,潮退渔船阁岸斜。白鸟一双临水立,见人惊起入芦花。

——南宋·戴复古《江村晚眺》

从鸟的生活环境及行为来看,上述诗词中的"白鸟"均指白鹭无疑。

》第454、456、459页　　中白鹭《图说》第454、457页
》第455页

卷羽鹈鹕

鹈鹕失梁鸨难栖

毫不夸张地说，跟"鹈鹕失梁"一样，"鸨难栖"也是一个不争的严峻现实。

卷羽鹈鹕

卷羽鹈鹕

/
维鹈在梁,
不濡其翼。
彼其之子,
不称其服。

《诗经》里提到的最大的鸟是什么？

如果是在湿地活动的，那么毫无疑问是鹈鹕。以目前相对容易见到的卷羽鹈鹕而论，其全长（喙尖到尾端）可达170—180厘米，飞起来的时候感觉尤为庞大，因此被戏称为"水鸟中的战斗机"。

如果是在陆地上活动的，则是大鸨，其雄鸟的体重可达10千克，因此被称为"陆地上能飞起来的最重的鸟"。

这两种大鸟在《诗经》里都有专门描述。在古代，它们分布很广，数量也很多。可惜，在现代，它们的生存空间日益狭小，种群数量锐减。

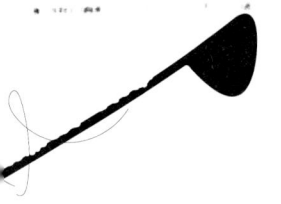

众说纷纭议《候人》

先来说说"鹈鹕"。见《曹风·候人》:

彼候人兮,何戈与祋。彼其之子,三百赤芾。
维鹈在梁,不濡其翼。彼其之子,不称其服。
维鹈在梁,不濡其咮。彼其之子,不遂其媾。
荟兮蔚兮,南山朝隮。婉兮娈兮,季女斯饥。

对这首诗的主旨,本来异议不多,近现代学者多认为这是讽刺不称职的朝中新贵的诗,如余冠英所说,"写的是对于一位清寒劳苦的候人的同情和对于一些'不称其服'的朝贵的讥刺"。不过,由于其第四章比较令人费解(或者说与前三章有点"不搭"),因此,学者们对此的具体说法又不一样。

为了理解"鹈鹕"在诗中的含义,先把这首诗的词句大致解释一下。候人,是边境上负责守望和迎送宾客之类事务的小吏。何,通"荷",扛着。戈与祋(音同"对"),都是武器。赤芾(音同"服"),红色熟牛皮所制的蔽膝,为卿大夫朝服的一部分。鹈,即鹈鹕,喜食鱼。梁,即鱼梁,拦鱼坝。濡,沾湿。咮(音同"皱"),鸟喙。余冠英认为,"不遂其媾"之"遂",即"对","不对"也是"不称"之意,而"媾"在这里是待遇的意思,因此"不遂其媾"跟"不称其服"的含义是一样的。

到这里,诗的前三章都还好理解,说的是候人在边境上辛劳值勤,而朝中那些穿"赤芾"的众多新贵却高高在上,不劳而获——就像鹈鹕不用下水捕鱼也能安居鱼梁一样(即"维鹈在梁,不濡其翼")——完全靠人供养,他们的才德与地位完全不相称。

不过,第四章好像忽然"文风"一变,说起了天气与少女。荟、蔚,都是指云彩聚集。隮(音同"机"),升起,一说是彩虹。婉、娈(音同"峦"),都是形容女孩柔顺姣好之词。季女,即少女。那么第四章直译就是:"南山朝云(或彩虹)升起,娇柔的女孩子饿了。"这跟前三章有什么关系呢?余冠英认为,这里的"季女",应该是指候人的幼女。因此第四章就是在说:"候人值勤到天明,看见南山朝云,惦记小女儿在家没有早饭吃。"(《诗经选》)

程俊英、蒋见元的《诗经注析》在分析此诗时,介绍了闻一多的见解。闻一多认为,《候人》写的是:"一个少女派人去迎接她所私恋的人,没有迎着。"在闻一多看来,"季女斯饥"类似于"少女怀春"之意。程、蒋两位先生认为:"闻先生的见解非常新颖,尤其对第四章的解释颇为通顺。不过,如果一个少女想与她的情人幽会,却派了扛着戈役武器的汉子去迎接,岂不要把情人吓跑了吗?所以我们对闻先生的诗旨分析还是期期以为不可。"

程、蒋两位先生的观点是:"(《候人》的二、三章)用兴法,以鹈鹕之不捕鱼,喻那些暴发户之不称职。末章又改用比法,以虹霓来比喻新官儿颐指气使的气焰。"

维鹈在梁,不濡其翼

不管怎么说,对于诗中"鹈鹕不捕鱼"的描述,大家都是没有异议的。下面我们就来看看这鹈鹕到底是一种什么鸟。

鹈鹕,在古代中国有很多俗称,如淘鹅、逃河、淘河、犁鹕等。三国陆玑在《毛诗草木鸟兽虫鱼疏》中是这么解释的:"鹈,水鸟,形如鹗而极大,喙长尺余,直而广,口中正赤,颔下胡大如数升囊。若小泽中有鱼,便群共抒水,满其胡而弃之,令水竭尽,鱼在陆地,乃共食之,故曰'淘河'。"这个解释很形象、很精彩,但也有不少错误的地方,这个待会儿再讲。

按照现在的分类,鹈鹕隶属鹈形目鹈鹕科,世界上共有八种,我国有记录的有三种:白鹈鹕、斑嘴鹈鹕和卷羽鹈鹕。其中,白鹈鹕在国内仅偶见于新疆、青海等地。斑嘴鹈鹕现主要分布于南亚,在古代的华东、华南地区并不罕见,可惜随着环境的变迁,近几十年来它们几乎已在国内绝迹。专家怀疑,哪怕是仅有的几笔国内记录,恐怕也是卷羽鹈鹕之误。因此,历史上在国内分布较广(在北方与南方均有),目前仍相对较多见到的鹈鹕,其实只有卷羽鹈鹕一种。

基于此,我认为,近年出版的一些关于《诗经》名物解读的书,把《候人》中的"鹈"解释为斑嘴鹈鹕，恐怕不甚妥当，它应为鹈鹕之泛指，若要定名，也是以卷羽鹈鹕为宜。

卷羽鹈鹕的颈背具卷曲的羽毛，故曰"卷羽"，其最大特征就是长有一个橘黄色的大型喉囊——即陆玑所谓"颔下胡大如数升囊"。但陆玑又说鹈鹕们合力把"小泽"中的水淘干，使鱼在陆地，"乃共食之"，这完全是错的。卷羽鹈鹕喜栖息在大型湿地中，捕食时将头部插入水中，把喉囊张得很大，一口可以吞进十几升的水和大量鱼虾，然后将大嘴合拢，让水顺着嘴边滤出，留下鱼虾然后吞之。我多次见到十只左右的鹈鹕采用围剿战术捕鱼：首先把鱼群包围，再用宽大的翅膀奋力拍击水面，把鱼群驱赶到浅水处，趁鱼儿乱作一团之时，轻而易举地捕食之。

"鱼不畏网，而畏鹈鹕。"（《庄子·外物》）鹈鹕固然善于捕鱼，但必须靠嘴与翅。而诗中说："维鹈在梁，不濡其翼（咮）。"可见，诗里所描写的鹈鹕的状态，是不符合自然之常理的。诗人之所以这么说，正是为了讽刺那些官僚们。

不过，话说回来，就鸟论鸟的话，鹈鹕有鱼梁可守，还是很幸福的。按照现在的话来说，"鱼梁"可以作为"食物丰富的栖息地（即湿地）"的隐喻。而可叹的是，在当代中国，鹈鹕正在失去它们的家园。我家在东海之滨的宁波，因此我有幸多次见到来浙江沿海越冬的卷羽鹈鹕，但也在短短几年间，亲眼看到了由于湿地的失去而导致鹈鹕"无家可归"的令人忧伤的现实。

浙江沿海是卷羽鹈鹕东亚种群的主要越冬地。专家估计，卷羽鹈鹕的东亚种群总数就一百几十只，已处于极度濒危状态。在2011年之前，浙江沿海记录的卷羽鹈鹕不多，有一次在温州海边发现20多只，就已经让观鸟爱好者激动得热血沸腾了。2011年深秋，重磅消息传来：温州灵昆岛上的几个大型水塘中出现了70多只卷羽鹈鹕！然而，2012年之后，由于当地开发的需要，灵昆岛的那些大型水塘逐渐被填平了。此后几年，在温州海边越冬的鹈鹕越来越少。

2016年秋冬，在宁波的杭州湾湿地，我和鸟友们共发现了六七十只越冬的卷羽鹈鹕。毫无疑问，这是近年来宁波境内发现的最大越冬群体。可惜，到2018年秋冬，来宁波越冬的鹈鹕又变得寥寥无几。

肃肃鸨羽,集于苞栩

再来聊聊大鸨。见《唐风·鸨羽》:

肃肃鸨羽,集于苞栩。王事靡盬,不能蓺稷黍。父母何怙?悠悠苍天,曷其有所?
肃肃鸨翼,集于苞棘。王事靡盬,不能蓺黍稷。父母何食?悠悠苍天,曷其有极?
肃肃鸨行,集于苞桑。王事靡盬,不能蓺稻粱。父母何尝?悠悠苍天,曷其有常?

这是一首反抗徭役的诗,写农民长期为了"王事"而服役,不能耕种自己的土地以养活父母,为此痛苦不堪,乃至发出对苍天的质疑。

肃肃,鸟儿振翅的响声。苞,草木丛生之意。栩,栎树。盬(音同"古"),休止。蓺(音同"艺"),种植。怙(音同"户"),依靠。诗的第一章的大意是:"大鸨振翅群飞来,栖于树丛难停稳,颤动羽翼肃肃响。徭役永远无休止,不能回家种庄稼!老父老母依靠谁?苍天悠悠在头顶,小民何时能安身?"诗的第二、三章意思差不多。

鸨为鸨形目鸨科鸟类,中国有分布的共三种:小鸨、波斑鸨和大鸨。历史上,前两种在国内的分布范围很窄,唯有大鸨相对数量较多,分布也广,南北方均有,因此通常将此诗中的"鸨"解释为大鸨。顺便说一句,《郑风·大叔于田》中有"叔于田,乘乘鸨"之句,但这里的"鸨"不是鸟名,而是指有黑白杂毛的马。

那么,《唐风·鸨羽》为何要以"肃肃鸨羽"起兴?这得从大鸨的习性说起。

陆玑《毛诗草木鸟兽虫鱼疏》:"鸨鸟,似雁而虎纹连蹄,性不树止,止则为苦。"这里说大鸨外形有点像大雁(当然体形比雁更大),并且羽色像老虎的斑纹,"性不树止",都是对的,但"连蹄"两字不准确。实际上,大鸨只有前面的三趾,而无后趾,因此没法像很多鸟类一样栖息于树上。大鸨属于陆栖型鸟类,生活于草原与半荒漠地带,善于在地面行走奔跑以觅食,越冬时多见于农耕地。

但诗中为何说"肃肃鸨羽,集于苞栩"呢?这不是跟大鸨的习性不符吗?是的,这就跟上文说的"维鹈在梁，不濡其翼"一样，都是不符合常理的。但诗人一咏三叹，显然是故意为之。诚如余冠英所说："这里以鸨栖树之苦，比人在劳役中的苦。"奔波于征役之途的底层人民，就像寒风中颤颤巍巍栖于树丛的大鸨一样，非常痛苦，故呼天抢地，发出无望的呐喊。

关于诗的解读就止于此。这里想再说几句关于大鸨的话。我没有见过这种珍稀鸟类，但听很多鸟友说，现在要拍到大鸨，非常不易。很多人到了内蒙古草原深处的大鸨栖息地，在天寒地冻的环境中日夜守候，能见到大鸨一眼就算是幸运的了，要想拍好真的非常难。但是，在古代中国，大鸨的数量还是很多的，它们在新疆、内蒙古、黑龙江等地繁殖，其中新疆的种群为留鸟，而东部的种群为候鸟，冬季迁往河北、山东、河南、湖北、江西等地，甚至偶尔到达福建。但近年来，由于草原沙化与过度放牧，大鸨的栖息地支离破碎，再加上过度猎捕，中国的大鸨数量锐减，越冬地也主要局限于黄河流域的局部地方。据2016年3月号的《森林与人类》杂志报道，目前大鸨在国内仅存800只左右。所以，毫不夸张地说，跟"鹈鹕失梁"一样，"鸨难栖"也是一个不争的严峻现实。

此前，卷羽鹈鹕和大鸨分别被列为国家二级、一级保护动物，衷心希望我们的生态环境尽快得到修复，让这些濒危的大鸟好好地生存繁衍下去。

》第 460—463 页　大　鸨《图说》第 464 页

秃鹳属鸟类

秃鹫何辜遭人嫌

秃鹫"貌丑",喜食腐肉,故被称为"贪恶"之鸟,这实在是太冤枉它们了。

有鹙在梁,
有鹤在林。
维彼硕人,
实劳我心。

秃鹳属鸟类
/ 李超摄

秃鹳属鸟类
/ 李超摄

秃鹙何辜遭人嫌

2016年,我刚开始试图了解《诗经》鸟类的时候,曾写过几篇文章,后来才知道,文中有的地方闹了笑话。最明显的误判是,对于诗中"有鹙(音同"秋")在梁"中的"鹙",想当然地认为是苍鹭,实际上完全错了。

产生误判的原因,一是读书不细,根据一些《诗经》注本引述《本草纲目》中关于鹙的描述,如"水鸟之大者""其状如鹤""青苍色""好啖鱼"等——这些特征确实和个子高挑的鹭科鸟类苍鹭非常像——便认为鹙就是苍鹭;二是有意无意地忽略了关于鹙"头颈无毛"之类的描述,因为我觉得中国的大型水鸟中"头颈无毛"的几乎没有,所以压根儿没有往秃鹙这个方向去想。

实际上,近年出版的一些关于《诗经》名物研究的书,早已明确指出,鹙,即秃鹙,是一种属于秃鹙属的鸟类,历史上在中国有分布的就是大秃鹙和秃鹙,可惜目前它们在中国已经绝迹或濒临绝迹。

一首独特的"弃妇诗"

《小雅·白华》是一首很有意思的诗,主旨清楚,但具体表达方式上颇有扑朔迷离之处。全诗如下:

白华菅兮,白茅束兮。之子之远,俾我独兮。
英英白云,露彼菅茅。天步艰难,之子不犹。
滮池北流,浸彼稻田。啸歌伤怀,念彼硕人。
樵彼桑薪,卬烘于煁。维彼硕人,实劳我心。
鼓钟于宫,声闻于外。念子懆懆,视我迈迈。
有鹙在梁,有鹤在林。维彼硕人,实劳我心。
鸳鸯在梁,戢其左翼。之子无良,二三其德。
有扁斯石,履之卑兮。之子之远,俾我疧兮。

这是《诗经》中又一首所谓"弃妇诗",有的说是申后所作,有的说是他人代申后而作,总之反映的是申后被弃后的心声。申后是谁?她是西周末代君主周幽王的王后——准确地说,是"前任王后"。周幽王先娶申女为后,后来因宠幸褒姒而黜申后,并立褒姒为后。关于周幽王与褒姒的故事,最有名的是这两人"烽火戏诸侯"的荒唐行径——尽管现代学者通常认为这不大可能。

当然,我们这里关注的不是"烽火戏诸侯"真实与否,而是这首诗的表达方式。全诗共八章,每章四句,前两句都用比兴。第一章,以"白华菅兮,白茅束兮"起兴,表面意思是说,"芦芒开了白花,用白茅将它捆束起来呀",实际上这里是以白茅束芦芒,暗喻夫妻间的亲密关系(此处可与《召南·野有死麇》中的"白茅包之""白茅纯束"相参照)。因此,下文接着叹息"之子之远,俾我独兮","之子"就是指夫君周幽王,意即"你疏远了我,让我好孤独"。此后七章,表达方式大同小异,如以"英英白云,露彼菅茅""滮池北流,浸彼稻田"起兴,是以连雨露、河水都能滋润草木、稻田,来暗指丈夫恩泽不均。而"樵彼桑薪,卬烘于煁"就有点难解。"卬"是女子自称;"煁(音同"陈")"指越冬烘火之行灶,是无釜之灶。朱熹说:"桑薪宜以烹饪而但为燎烛,以比嫡后之尊而反见卑贱也。"这是其中一种说法,其他还有,兹不详述。对于"鼓钟于宫,声闻于外"的用意,历来也有不同的解释。最后一章,以"有扁斯石,履之卑兮"起兴,"扁石"是指乘马时的垫脚之石,通常认为,这是以被踩于脚下的石头的低下地位暗指申后被黜之后的命运。因此,诗的最后再次恨恨地说"之子之远",而且对"我"的伤害更深了,诗一开始是"俾我独兮",而最后是"俾我疧兮",疧(音同"奇"),意谓因忧愁而生病。

/"贪恶"之鹜占鱼梁

当然,我们重点关注的是第六与第七两章,这两章都以水鸟起兴:

> 有鹜在梁,有鹤在林。维彼硕人,实劳我心。
> 鸳鸯在梁,戢其左翼。之子无良,二三其德。

这里,"鹤"与"鸳鸯",古今同名,很好理解。那么,"鹜"是什么?《毛传》:"鹜,秃鹜也。"《郑笺》:"鹜也,鹤也,皆以鱼为美食者也。鹜之性贪恶而今在梁,鹤洁白而反在林。兴王养褒姒而馋申后,近恶而远善。"郑玄的此条笺注得到广泛认同,用现在的话来说,鹜与鹤,作为大型涉禽,都喜欢吃鱼,如今,丑陋贪恶的秃鹜占据了鱼梁(拦鱼的水坝),而洁白高贵的鹤反而被放逐在树林,远离湿地,无鱼可吃。显然,这里是以秃鹜暗指褒姒,而以白鹤指申后。顺便说一句,后世常画的"松鹤延年"之类的图画,说鹤栖息在山林中,则完全是违反常理的。

关于"秃鹜"是什么鸟,明代李时珍在《本草纲目》中释之最详:

> 秃鹜,水鸟之大者也。出南方有大湖泊处。其状如鹤而大,青苍色,张翼广五六尺,举头高六七尺,长颈赤目,头

项皆无毛。其顶皮方二寸许，红色如鹤顶。其喙深黄色而扁直，长尺余。其嗉下亦有胡袋，如鹈鹕状。其足爪如鸡，黑色。性极贪恶，能与人斗，好啖鱼、蛇及鸟雏。诗云"有鹭在梁"，即此。

这里将秃鹙的栖息环境、具体形貌、生活习性等描述得极为细致，如果按照这个描述，那么所谓"秃鹙"只可能是一种鸟，即大秃鹳（拉丁文学名：Leptoptilos dubius），是鹳科秃鹳属的鸟类。《诗经动物释诂》亦认为秃鹙即大秃鹳，并称："大秃鹳，现在已在我国绝迹，目前仅分布于南亚和东南亚。……大秃鹳在我国灭绝的原因，是自古以来认为此鸟是一种不吉祥鸟，头颈无毛，颈前有红色喉囊，形色较丑，还喜欢吃动物尸体，因此大加猎杀，唐代甚至将猎杀大秃鹳作为官府向民众征收的一种赋税，促使大秃鹳的灭绝。"我在网上看到一张2015年的摄影大赛获奖作品，这张照片所拍摄的场景，就是成群的大秃鹳——这是世界上最为濒危的鹳科物种——聚集在印度古瓦哈提市的垃圾山上觅食腐肉。它们之所以在垃圾堆中，主要是因为周围的湿地遭到了严重破坏。

大秃鹳在国内灭绝已久，不过还有一种与大秃鹳非常相似但个体较小的同属鸟类，即秃鹳（拉丁文学名：Leptoptilos javanicus），则至少几十年前在中国境内还有踪迹。《中国鸟类野外手册》称："秃鹳过去在海南岛、江西、云南及四川均有记录。……现于中国可能已绝迹或濒临绝迹。"大秃鹳与秃鹳最直观的区别,除了体形大小不同,还在于大秃鹫的颈下悬着一个很大的喉囊。

从《诗经》原文及《毛传》等古籍关于"鹙"的最早表述来看,"秃鹙"未必一定指大秃鹫,秃鹫也是完全有可能的。日本人冈元凤所纂辑的《毛诗品物图考》一书,在解释"有鹙在梁"时,就是将鹙画成了一只秃鹫。

奈何貌丑成罪名

在现代，秃鹳属的鸟类主要分布在热带区域，而在两三千年前的古代，我国曾有较长时间的温暖期，中原地带曾有犀牛、大象等热带动物，因此当时有秃鹳分布，也毫不奇怪。可叹的是，由于秃鹳头部与脖子均无毛，有时吃腐肉，因此一直被称为"贪恶"之鸟，而遭人嫌弃。这真的太冤枉秃鹳了！其实，跟猛禽秃鹫一样，它们也是大自然的"清道夫"，对于生态环境十分有益。

到了东汉末年及三国时代，秃鹳在河北、河南等中原地带还时常可见。不过，每当它们出现的时候，都被当成了凶兆。《晋书·五行志》记载：

汉献帝建安二十三年，秃鹙鸟集邺宫文昌殿后池。明年，魏武王薨。魏文帝黄初三年，又集洛阳芳林园池。七年，又集。其夏，文帝崩。景初末，又集芳林园池。已前再至，辄有大丧，帝恶之。其明年，帝崩。

按照这里的说法，曹操、曹丕、曹叡祖孙三人死之前，都有秃鹙出现在皇宫或皇家园林中，暗示秃鹙乃不吉之鸟，与帝王的死亡有种神秘的联系。现在看来，这种所谓"神秘联系"实乃无稽之谈。但令人叹息的是，由于人为猎杀及栖息地破坏等多种原因，秃鹙这类大型水鸟在中国或许真的已经灭绝了。

白 鹤

室外鹳鸣今何在

令人感慨的是,很多在古代
相当常见的野生动物,如今
却成了濒危物种。

/
鹤鸣于九皋,
声闻于野。
鱼潜在渊,
或在于渚。

白　鹤

东方白鹳

室外鹳鸣 今何在

读《诗经》,有一件事情让我非常感慨,那就是,有很多在《诗经》时代相当常见的野生动物,在今天看来却是非常珍稀的物种。别的动物不说,光鸟类而言,就可以举出不少例子,如卷羽鹈鹕、白冠长尾雉、大鸨、东方白鹳、白鹤等,它们目前都属于濒危物种,分别名列国家二级、一级保护动物。(根据新修订的并于 2020 年夏天公开征求意见的《国家重点保护野生动物名录》,上述鸟类中原列为国家二级保护动物的卷羽鹈鹕与白冠长尾雉,也拟列为国家一级保护动物。)

其他鸟类前面都已经讲过了,这里就说说《诗经》里的鹳与鹤。它们在三首诗中出现,分别是《豳风·东山》《小雅·鹤鸣》和《小雅·白华》。

鹳鸣于垤，妇叹于室

先来看《豳风·东山》，这是一首讲述征夫还乡的诗，描写真切，抒情细腻，十分感人。全诗共四章，其第三章云：

我徂东山，慆慆不归。我来自东，零雨其蒙。鹳鸣于垤，妇叹于室。洒扫穹窒，我征聿至。有敦瓜苦，烝在栗薪。自我不见，于今三年。

生僻字较多，先来解释下。徂（念 cú），往，到。慆慆（音同"滔"），长久。垤（音同"叠"），小土丘。聿，语气助词，有将要的意思。穹窒，堵塞空隙之意，另见《豳风·七月》"穹窒熏鼠"之句。敦，本是器名，圆如球，这里指圆团状。瓜苦，犹言瓜瓠，即瓠瓜，一种葫芦（古俗婚礼上剖瓠瓜为两张瓢，夫妇各执一瓢盛酒漱口）。烝（音同"蒸"），长久。栗薪，同"束薪"，即柴堆。

故上述诗句的大意是：

自我出征东山，久久难以还家。我从东方归来，一路细雨蒙蒙。（我想）自家门外土堆上，白鹳声声在叫唤，妻子孤独守在家，犹在室内把气叹。赶紧打扫屋子，堵塞鼠穴吧，我快要到家了！圆圆的瓠瓜呀，一直搁在柴堆上。打我离开家呀，整整已三年！

室外鹳鸣 今何在

说真的,站在一个观鸟爱好者的角度,《诗经》305篇,这一首是最令我惊讶的。是的,我没有看错,诗中明明白白说:"鹳鸣于垤,妇叹于室。"一只白鹳就在家外的土堆上鸣叫!白鹳喜筑巢于高大乔木或建筑物上,我感觉诗中所说的白鹳,很可能处于繁殖状态,这里的"鹳鸣"估计是白鹳夫妻的对鸣。

可叹的是,这是很久很久以前的一幕了。当时光闪回到2500多年后的当代中国,白鹳与人类如此亲密共处的场景恐怕是不可能看到了。

/ 一赏白鹳何其难

白鹳在欧洲也有,其外观和分布与东亚地区的东方白鹳很相似,不过它们属于不同的物种。前者生存状况还算不错,但后者却由于湿地被严重破坏等原因而处境堪忧,种群数量锐减,被列为国家一级保护动物。

《诗经》中所说的"鹳",自然是指东方白鹳,只不过在观鸟爱好者嘴里,通常简称为"白鹳"。这是一种大型涉禽,主要繁殖于俄罗斯远东与中国的东北,越冬于长江中下游的湿地,因此到了秋冬时节,在浙江还是有机会见到它们的。

从诗中可见,在古代中国,东方白鹳是相当易见的鸟儿。如今,尽管我有着十几年的观鸟经历,但深深感觉到,想要一睹它们的芳容殊为不易,因为其种群数量实在太少了。

  我第一次与东方白鹳失之交臂,是在 2008 年。那年深秋的一个傍晚,两个杭州朋友在宁波杭州湾湿地的海边拍到一只白鹳。我获知消息后即与鸟友于次日早晨赶去寻找,但搜寻整日,一无所见。五年后,几乎同样的经历,我又错过了出现在镇海金塘大桥附近的那只白鹳。2014 年冬,我又到杭州湾湿地拍鸟,刚在堤坝上停好车,忽然从车窗里望见几只白鹳在蓝天下飞翔。可惜,等我手忙脚乱下车取出镜头,它们却已逐渐飞远,我只拍到几个背影。2019 年 2 月,在温州海边寻找卷羽鹈鹕时见到两只白鹳。但一则距离远,二则天气雾蒙蒙的,因此还是没有拍好。

  以上,就是我与东方白鹳打交道的历史。迄今没能拍好它,固然有运气不佳的原因,但这种大鸟的罕见程度,也可见一斑。

九皋鹤鸣，声闻于野

接着再来说说鹤。

鹤在《诗经》中出现过两次，分别是在《小雅·鹤鸣》和《小雅·白华》。《白华》中有"有鹙在梁，有鹤在林"之句，相关解读见《秃鹙何辜遭人嫌》一文。这里单讲《鹤鸣》，全诗如下：

鹤鸣于九皋，声闻于野。鱼潜在渊，或在于渚。乐彼之园，爰有树檀，其下维萚。他山之石，可以为错。

鹤鸣于九皋，声闻于天。鱼在于渚，或潜在渊。乐彼之园，爰有树檀，其下维榖。他山之石，可以攻玉。

这首诗的文字不算难，其中名句"他山之石，可以攻玉"，早已成为成语广为流传。皋，沼泽地。九皋，言沼泽之多。鹤通常栖息在大型湿地中，且叫声响亮，因此古代诗人的描述是与其习性相符的。学者通常把《诗经》的"鹤"解释为白鹤。目前，白鹤被列为"极度濒危"物种，属于国家一级保护动物。渚，本义是水中沙洲，这里跟"渊"相对，指浅水区域。檀，檀木。萚（音同"拓"），落叶，一说是酸枣一类的灌木。榖（音同"谷"），即楮、构树，其树皮可作造纸原料，古人认为这是"恶木"。

但此诗似乎通篇都是隐喻，因此自古以来对其主旨为何，可谓众说纷纭。宋代朱熹《诗集传》云："此诗之作，不可知其所由，然必陈善纳海之词也。"他认为这是一首劝人为善的作品。

不少人认为，此诗是在讽喻统治者招纳、任用隐居山野的贤人（如鹤之类），"通篇都用比兴，为我国招隐诗之祖"（向熹《诗经译注》）。而陈子展不同意此观点，他说："《鹤鸣》，似是一篇《小园赋》，为后世田园山水一派诗之滥觞。如此小园位于湖山胜处，园外邻湖，鹤鸣鱼跃。园中檀构成林，落叶满地。其旁有山，山有坚石可以攻错美玉。一气写来，词意贯注。诗中所有，如是而已。倘谓有贤者隐居其间，亦止是诗人言外之意，读者推衍之意。"（《诗经直解》）

汉朝董仲舒曾说过"诗无达诂"，意思是对《诗经》的解释，往往因时因人而异。因此，上面也只是列出几种对此诗的主要观点，供大家参考。

不过，不管怎么说，《诗经》之后，鹤作为一种经典意象，在中国古典诗画艺术中频频呈现，并成为卓尔不群、品行高洁的象征。我想，这同时也证明，鹤类在古代很长一段时间内，都不属于特别罕见的鸟类。

望断西楼盼雁字

试问，现在有几人在野外见过鹤、听过鹤鸣？绝对是微乎其微！在中国有分布的鹤有九种，如白鹤、丹顶鹤、白枕鹤等，多数被列为国家一级保护动物，因为它们几乎都是濒危乃至极度濒危物种。

2008年11月，我与鸟友在杭州湾跨海大桥西边的海塘上拍鸟，忽见一只白色大鸟由西向东缓缓飞来。我们起初以为是一只东方白鹳，拍下来一看才知道，这居然是一只比白鹳更珍稀的白鹤！时任浙江省野生动植物保护协会野鸟分会会长的陈水华博士说，这是近三十年来在浙江境内第一次记录到白鹤。

此后几年，除了白鹤，在浙江境内还曾出现过白头鹤与白枕鹤。浙江缺乏大型的湿地，不适合鹤类越冬，因此上述国宝级的鹤对浙江来说，几乎都属于"迷鸟"——也就是说，它们因天气等原因在迁徙途中偏离了方向而临时落脚。而长江中下游部分适合鹤类越冬的湖泊或沿海湿地，近些年也由于环境恶化，水鸟栖息地面积越来越小，这更加剧了鹤的生存危机。

除了鹳与鹤，大雁、鹈鹕、白冠长尾雉、大鸨等又何尝不是如此！

"何处秋风至？萧萧送雁群。""云中谁寄锦书来？雁字回时，月满西楼。"……自《诗经》以来，在中国古典诗词中，关于大雁的描述数不胜数。可现在，有几人曾见过美丽的雁阵？

"维鹈在梁，不濡其翼。……维鹈在梁，不濡其咪。"两千几百年前，古人把鹈鹕善捕鱼的习性描述得如此准确并写入民歌（当然，此诗是反着说的，详见《鹈鹕失梁鸨难栖》），由此可推测，当时鹈鹕的数量还是很多的。而如今，卷羽鹈鹕在中国非常罕见，生存岌岌可危。

说了那么多让人垂头丧气的话，是不是意味着我们对于珍稀鸟类的未来不抱希望了？

我个人的回答是：不！

这些鸟儿的古今（尤其是在最近一两百年间）数量变化如此之大，主要是两个原因造成的，一是栖息地面积锐减，二是人类活动干扰过大。而最根本的原因只有一条：对于大自然，我们的手伸得太长太长了！

值得庆幸的是，大自然自我修复的力量也是惊人的，很多濒临灭绝的物种只要给予其喘息的机会，它们就有望恢复生机。

所以，如果现在赶紧收手，我们还有机会挽狂澜于既倒。

还荒野以荒野，这是最简单的办法，或许也是最好的办法。唯一不等人的，就是时间。

柳莺

自鸣天籁皆好音

古之诗人,本身就"不隔"大地,故发声为歌,天然成诗。

蓝喉歌鸲鸣叫

/
伐木丁丁,
鸟鸣嘤嘤。
出自幽谷,
迁于乔木。

远东树莺鸣叫

关于《诗经》里的鸟，写到这儿，算是到了尾声了。

前面，我竭尽所能，对《诗经》中涉及的三十多种（或类别）的鸟进行了解读，这些鸟都是实指，即可以说出（至少是大致上可以说出）是什么鸟。《诗经》里还有的鸟，要么是泛指，要么不是实有之鸟。前者在诗中的表述就一个字，即"鸟"；后者，便是凤凰。

我想，实有的鸟也好，神话传说中的鸟也好，在伟大的《诗经》中，各种鸟儿都能起到"兴发感动"的作用，唱出最动人的天籁，并对后世产生深远而巨大的影响。

/ **嘤其鸣矣求友声**

如果不管"白鸟""黄鸟"这样的说法,《诗经》里单独出现"鸟"字的诗句,只有三处。前面的文章中已经讲过两处,即"如鸟斯革,如翚斯飞"(《小雅·斯干》)与"肇允彼桃虫,拚飞维鸟"(《周颂·小毖》)。前者形容宫室之壮丽,犹如大鸟展翅;后者是说,小小鹪鹩(桃虫)也能翻飞变化为雕一样的凶恶的大鸟。

还有一首单独以"鸟"出现的诗,就是《小雅·伐木》:

伐木丁丁,鸟鸣嘤嘤。出自幽谷,迁于乔木。嘤其鸣矣,求其友声。相彼鸟矣,犹求友声。矧伊人矣,不求友生?神之听之,终和且平。

伐木许许,酾酒有藇。既有肥羜,以速诸父。宁适不来,微我弗顾。於粲洒扫,陈馈八簋。既有肥牡,以速诸舅。宁适不来,微我有咎。

伐木于阪,酾酒有衍。笾豆有践,兄弟无远。民之失德,干糇以愆。有酒湑我,无酒酤我。坎坎鼓我,蹲蹲舞我。迨我暇矣,饮此湑矣。

这是一首有关宴请亲友的乐歌。诗三章,均以"伐木"起兴,其中第一章伐木引出鸟鸣,再引出"求友"的主题;第二、三章,均以伐木引出宴饮。诗中所描述的伐木为热闹、欢快甚至带有节奏感（从"丁丁""许许"这样的象声词的使用可知）的劳动场景，与亲友相聚、饮酒作乐的氛围相似，故以此起兴。

这里主要讲讲第一章。丁丁（音同"争"），跟下文的"许许（音同"浒"）"一样，都是指伐木声。相，即看。矧（音同"审"），况且。我试着翻译一下第一章的大意：

伐木丁丁响，鸟儿嘤嘤鸣。飞翔出幽谷，高栖乔木上。嘤嘤相欢鸣，鸟儿亦求友。看那鸟儿呀，犹晓觅知音。何况身为人，岂能轻友情？神灵听闻此，赐我以安和。

在这首诗中，"鸟"的含义更加宽泛，所有在彼时彼地有分布的、会在树上鸣唱的鸟，都是符合诗意的，而不特指哪一类的鸟。如果一定要说是什么类型的鸟，那我只能说，它们是属于雀形目的鸣禽。

另外值得一说的是，"伐木丁丁，鸟鸣嘤嘤。出自幽谷，迁于乔木。嘤其鸣矣，求其友声"等诗句真的非常美，可谓不事雕琢，自有天然之情趣。同时，"嘤其鸣矣，求其友声"更是被后人广泛传诵，所产生的"嘤鸣"一词，也常被用来比喻朋友之间同气相求。

/ 凤鸣高冈颂君王

《诗经》中只有一种鸟,不是实有之鸟,而是传说中的神鸟——凤凰。《大雅·卷阿》共十章,其最后四章云:

凤皇于飞,翙翙其羽,亦集爰止。蔼蔼王多吉士,维君子使,媚于天子。

凤皇于飞,翙翙其羽,亦傅于天。蔼蔼王多吉人,维君子命,媚于庶人。

凤皇鸣矣,于彼高冈。梧桐生矣,于彼朝阳。菶菶萋萋,雍雍喈喈。

君子之车,既庶且多。君子之马,既闲且驰。矢诗不多,维以遂歌。

这是一首歌颂最高统治者周王的诗篇。周王与群臣出游卷阿(卷,音同"全",曲折的样子;阿,音同"婀",大的丘陵),诗人写作此诗,献给君王。

凤皇,即凤凰。对于"翙翙(音同"汇")其羽",学者有两种不同的解释。一种认为,"翙翙"是象声词,即振翅而飞之声,"羽"指的是凤凰之羽;另一种认为,"翙翙"是众多的样子,"羽"指的是跟随凤凰的各种鸟类(相当于后世所谓"百鸟朝凤")。我个人认为,前一种理解更为合理。

蔼蔼,众多也。吉士、吉人,指群臣。君子、天子,指周王。维君子使(命),都是听从君子之命的意思。而"媚于天子"和"媚于庶人",相当于"上爱天子,下爱百姓"之意。

朝阳,指山的东面,因早晨先被阳光照亮,故称"朝阳"。菶菶(念 běng)萋萋,形容梧桐枝叶茂盛。雍雍喈喈,赞美凤凰和鸣的声音很动听。

此诗以"凤凰展翅,高翔天际"起兴,虽为咏唱周王得众多贤才相助的"颂王"之作,但其"高冈朝阳,梧桐生焉,凤凰飞鸣,上达于天"的描述,确实形象鲜明,气势壮美。

至于凤凰到底是什么鸟,它是否曾真实存在过?这问题非常复杂,相关的研究著作与论文可谓汗牛充栋。我在这里不再详细引述。我相信,在远比《诗经》时期更早的古老时代,所谓"凤鸟",必定是实有之鸟,而且从后世的凤凰形象所具有的特征来看,它是一种雉科鸟类无疑:羽色多彩高贵如锦鸡,尾羽缤纷华丽如孔雀,连"鸣于朝阳之高冈",也符合雉类的习性。最不符合雉鸡特征的,则是凤凰具有一种超强能力,即哪怕拖着长而蓬松的尾羽,也依旧能高翔天际,有君临天下之气势(所谓"翙翙其羽,亦傅于天"),不像雉鸡只会在低空作短距离飞行。而凤凰身体特征的"华丽组合",以及其所具有的非同"凡鸟"的能力,则是后人根据想象不断添加的结果。

/"不隔"自然续传奇

《诗经》之后,"梧桐凤凰"遂成固定搭配,沿用至今。古诗里的相关词句可谓比比皆是,如:

丹丘万里无消息,几对梧桐忆凤凰。

——唐·李商隐《丹丘》

愿闻四海销兵甲,早种梧桐待凤凰。

——明·刘基《普济寺遣怀》

高梧百尺夜苍苍,乱扫秋星落晓霜。如何不向西州植,倒挂绿毛幺凤皇。

——清·郑板桥《梧桐》

其实,伟大的《诗经》本身不正如鸣于高冈、上傅于天的华丽的凤凰,给中国古典文学乃至传统文化,带来了无比深远的影响吗?

随手翻开《诗经》,随处可见草木鸟兽之名。这一度很令我惊奇:怎么回事?古之诗人都是博物学家吗?非也!这只是因为,古之诗人"不隔"大地,故发声为歌,天然成诗。正如几位重量级人物所言:

感物吟志,莫非自然。

——刘勰《文心雕龙》

气之动物,物之感人,故摇荡性情,形诸舞咏。

——钟嵘《诗品》

> 中国古典诗歌是以兴发感动为其主要特质的。
>
> ——叶嘉莹《说诗讲稿》

可见,自古以来,多少诗篇、多少诗歌理论,不都是在向《诗经》致敬吗?但是,不得不说,这一优秀传统到现代社会大有中断之虞。反观现在的我们,处在科技如此昌明的时代,仿佛对一切都了如指掌,简直靠一部手机就能走天涯,可为什么我们的语言竟如此苍白,只会说"无名野花""不知名的小鸟"?

后来,有幸读到台湾作家、博物学家陈冠学先生的《田园之秋》,再回过头来看《诗经》,我若有所悟。20世纪70年代初,先生辞掉教职,回到故乡,晴耕雨读,以日记的形式,娓娓叙述他的田园故事。在他笔下,一草一木、一虫一鸟,无不生机盎然。先生说,他写作的目的,是唤起读者"对土地的关切与爱护,如斯而已"。

陈冠学先生的心,与两三千年前的诗人的心,若有感应。他们都与荒野相融无间,方能即景即情,自鸣天籁,吟唱出不朽的诗篇。故《田园之秋》虽为散文,实乃诗篇。深夜揽卷,细品先生在字里行间流露出的对自然、对乡土的深情,有时竟会流泪。先生的文字,又何尝不是跟《诗经》一样,乃是"发自泥土的歌声"?

如果要说两者有什么不同,我想,与我们几乎同时代的陈冠学先生强烈地感觉到现代人与大地

"隔"得太厉害了,因此有意作文,意图唤起大家对自然、乡土与荒野的关心、尊重与热爱。

我相信,先生的内心一定有一种使命感。

斯人已逝。然而,正所谓"嘤其鸣矣,求其友声",生在21世纪的我们,难道不是更加有责任,远绍《诗经》以来"不隔"自然的传统,续写新的传奇吗?

家燕

古人原来会观鸟

古人没有望远镜,怎么会看得到这么多鸟?

黑枕黄鹂
／ 徐惠中 摄

／
睍睆黄鸟，
载好其音。
有子七人，
莫慰母心。

古人原来会观鸟

说起观鸟,不能不提 18 世纪的英国博物学家吉尔伯特·怀特,他写了一本以观鸟为主要内容的书,即《塞尔伯恩博物志》。怀特以此书流芳后世,并被誉为现代观鸟第一人。如今,观鸟活动早已风靡全球。

有意思的是,早在两千多年前,华夏先民对于鸟类等野生动物就已颇为留意,常将它们写入诗歌。怪不得孔子说,学《诗经》可以"多识于鸟兽草木之名"。当然,古人观察鸟类远不是现代意义上的观鸟行为。在中国,直到公元 2000 年前后,现代观鸟爱好者群体才开始迅速壮大。

凡观鸟爱好者,都喜欢给自己见过的鸟类列一个清单,每增加一个新的目击记录,则欣欣然颇为自得。本书已对《诗经》中的鸟类逐一作了解读,现在就让我们像观鸟爱好者一样,最后来总结一下,看看《诗经》中到底"观"了多少鸟。

/《诗经》"观鸟"清单

且让我们列出《诗经》"观鸟"清单。《诗经》共305篇,有62首诗明确提到了鸟儿,有的诗中还提到了多种鸟类,所涉及的鸟类名字有42个,合并重复的鸟类(如燕与玄鸟、鸮与鸱鸮等),整部《诗经》中实际提到的鸟儿有30多种(类),涉及25个科。当然,以上统计很难严格依照现代鸟类分类学来进行,只是一个大致情况。

方便起见,把《诗经》中涉及的鸟简单分为以下三大类。得说明的是,下文的所谓种类,指的是《诗经》中的名词表述,个别地方难以跟实际的现代鸟类分类相对应,如:"白鸟"可能指白鹭,也可能指白鹤;燕与玄鸟,都是指燕子;至于"鸠"与"黄鸟",则更为复杂。另,跟在《诗经》鸟名后面括号内的名字为最大可能的现代鸟名。

一、水鸟，11种称谓：

雎鸠、雁、凫、鸳鸯、鹈、鹳、鹙、鹤、鹥、鹭、白鸟。

具体涉及7个科：

秧鸡科：雎鸠（白胸苦恶鸟）

鸭科：雁、凫（野鸭类）、鸳鸯

鹈鹕科：鹈（卷羽鹈鹕）

鹳科：鹳（东方白鹳）、鹙（秃鹳或大秃鹳）

鹤科：鹤（白鹤、丹顶鹤等）

鸥科：鹥（泛指鸥类）

鹭科：鹭、白鸟

二、猛禽，9种称谓：

晨风、隼、鸢、鹰、䳒（作为猛禽时，指雕）、鸮、鸱鸮、鸱、枭。

具体涉及鹰科、隼科、鸱鸮科共3个科的若干个属，难以明确区分，但至少包括了隼形目、鹰形目（所谓"日行性猛禽"，如鹰、隼、雕、鸢、䳒等）与鸮形目（所谓"夜行性猛禽"，即俗称的猫头鹰）三个大类。

三、其他鸟类，22种称谓：

黄鸟、雀、鹊、鸠、雏、燕、玄鸟、雉、鸤、翚、鸣鸠、乌、鹑、鸤鸠、鸰、仓庚、鹏、脊令、桑扈、鹥、桃虫、凤凰。

具体涉及15个科：

雉科：雉（环颈雉）、翚（白腹锦鸡）、鷮（白冠长尾雉）、鹑（鹌鹑）、凤凰（神话之鸟，原型为雉科鸟类）

鸦科：鹊（喜鹊）、乌（大嘴乌鸦等）、鹥（达乌里寒鸦）

鸠鸽科：鸠或雕（斑鸠）

燕科：燕、玄鸟（家燕或金腰燕）

杜鹃科：鸤鸠（大杜鹃）

鸨科：鸨（大鸨）

黄鹂科：仓庚（黑枕黄鹂）

伯劳科：䴗（棕背伯劳）

鹡鸰科：脊令（白鹡鸰）

百灵科：鸣鸠（云雀或小云雀）

燕雀科：桑扈（黑尾蜡嘴雀）

鹪鹩科：桃虫（鹪鹩）

鸦雀科：黄鸟（棕头鸦雀）

梅花雀科：黄鸟（白腰文鸟或斑文鸟）

雀科：雀（麻雀）

另外，《诗经》中提到的"翟"不是鸟名，而是指野鸡毛或相关装饰图案；还提到单独的"鸟"，属于泛指，因此难以归类。

可以说，这个清单所显示的"观鸟"成绩是颇为骄人的。

/ 古人为何会观鸟？

跟吉尔伯特·怀特的"有意观鸟"不同，我说的中国古代诗人会"观鸟"，只是一种便于大家理解的形象说法。实际上，两三千年前的诗人虽然看到了好多种鸟，但在绝大多数情况下，他们肯定是"无意观鸟"。

大家或许会好奇，古人没有望远镜，怎么会看得到这么多鸟？历经千年，沧海桑田，古今地貌变化很大，连气候也不一样，所以鸟类的古今分布肯定也不一样，总之具体情况我们已不得而知。现在，我只能通过想象来推测古人是怎么看鸟的。

两三千年前，中国虽然已经有了很多诸侯国，但人口远没有现在这般繁盛，那时可谓地广人稀，野生动物繁多。绝大多数的先民生活在山林水泽之间，直接面对着广袤的大自然，与鸟兽相处。显然，鸟类是最容易被观察的野生动物之一。《诗经》主要是一部民歌集，特别是"国风"的作者，基本都是"草根诗人"。诗人们经常行吟于野外，对他们来说，见到的草木鸟兽，皆可入诗。而且，《诗经》作者"不隔"自然的思维方式与创作方法，已经成为一种优秀的文化传统，深深影响了后世的文学、哲学等方方面面。

而反观现在的我们，生活在由钢筋水泥筑成的"城市森林"中，远离自然，孩子们也是学业繁忙，没工夫出去观察自然之美，于是对身边的小鸟、野花、昆虫都很陌生。有一次，我给小学生上自然课，当告诉大家我在公园里用两个小时看到约20种鸟的时候，孩子们都惊奇地瞪大了眼睛，他们说："公园里怎么会有这么多鸟？！"

除了更贴近自然，还有一个便于古人"观鸟"的原因在于：古代的原生态远远好于现代，鸟类种类与数量均比现在多，更容易被观察到。最近一百多年来，随着工业文明的发展、人类活动的急剧扩张，野生动植物的栖息地变得越来越支离破碎，好多物种已经灭绝。而在两三千年前，人类还处在比较原始的农耕时代，"靠天吃饭"的法则决定了那时候的人类更加敬畏天命、敬畏自然，因此对自然生态的破坏不大。

当然，古人"观鸟"有时候恐怕还出于一个比较现实的原因，即狩猎的需要。在产生《诗经》的时代，很多人还是靠渔猎为生，某些鸟类会成为人类捕捉、驯化的对象。如以下诗句："将翱将翔，弋凫与雁。""鸳鸯于飞，毕之罗之。"在古代，野鸭与大雁等鸟类是捕猎的对象，因此人们对它们的观察及对其习性的了解也会更多。

《诗经》鸟类哪儿找？

那么，我们可以在哪儿观赏到《诗经》中提到的鸟类呢？

在产生《诗经》的地方——主要是黄河流域——自然不用说了，但考虑到很多鸟类会迁徙或者在国内分布很广，在其他合适的地方看到这些鸟也是不足为奇的。哪怕不能看到全部，也至少可以看到大部分。

以我所居住的浙江宁波而言，我统计了一下，发现除了极少数鸟种，"飞"在《诗经》中的鸟儿几乎都能在本地找到。比如，诗中提到的水鸟与猛禽在宁波都有。

雎鸠，最有可能是白胸苦恶鸟，它属于浙江常见留鸟。有意思的是，在宁波市区日湖公园北端有荇菜生长的地方，正是这种鸟常出没之处。

雁、凫、鹭、鸳鸯等水鸟也一样。在宁波的沿海湿地越冬的大雁，主要有豆雁、鸿雁、白额雁等。宁波有记录的野鸭达20种左右，几乎都是冬候鸟，常见的有绿翅鸭、斑嘴鸭、绿头鸭、琵嘴鸭等。另外，好多鸥类在秋冬时节的宁波沿海也属常见，如银鸥、黑尾鸥、红嘴鸥等。鸳鸯每年都来宁波近郊的荪湖、东钱湖等水域越冬。

卷羽鹈鹕、东方白鹳、鹤等大型水鸟在宁波也有越冬或路过的记录，但通常数量极少。至于鹭鸟，宁波有十几种，常见的有白鹭、大白鹭、夜鹭、牛背鹭、池鹭等。

《诗经》中提到的各种猛禽，宁波也都有，这里不再举例。至于其他鸟类，如喜鹊、斑鸠、燕子、鹌鹑、雉鸡、伯劳、乌鸦、鹡鸰等，它们在国内分布很广，在宁波也基本属于较常见的鸟。

《诗经》中提到的四种鸟，在宁波要么没有分布，要么确切记录极少，它们分别是大鸨、达乌里寒鸦、鹪鹩和秃鹳。其中，大鸨栖于北方草地、农田及半荒漠地带，宁波无分布记录。达乌里寒鸦主要分布在我国北方，南方很罕见，近年来在宁波仅有一笔影像记录，是本地鸟类摄影师老钱在杭州湾南岸拍到的。桃虫，即鹪鹩，在杭州、台州等地都曾有过记录，因此理论上在迁徙时也会逗留宁波，但迄今未曾有影像记录。至于《诗经》中的"鹙"，即秃鹳或大秃鹳，在国内几乎已绝迹，故近些年在宁波也没有记录。

宁波山海相依，且地处东亚—澳大利亚的候鸟迁徙路线的中段，故无论是水鸟还是林鸟，种类都很多。目前已知宁波鸟类达四百多种，其中约三分之二属于候鸟。尽管产生《诗经》的地方主要在我国北方，但随着候鸟的迁徙，很多鸟类都可能来宁波越冬，或者路过。因此，《诗经》中提到的鸟绝大多数在宁波有分布，也就不奇怪了。

怎么样，亲爱的读者，有没有雅兴在自己的家乡也找找，看能发现多少种《诗经》鸟类呢？

棕背伯劳

《诗经》鸟类诗句一览

不管有没有争议,反正关于《诗经》鸟类的诗句,都在这里了。

苍鹭

匪鹑匪鸢,
翰飞戾天。
匪鳣匪鲔,
潜逃于渊。

《诗经》鸟类 诗句一览

下面列出《诗经》中明确提到野生鸟类的 62 首诗的相关诗句,计"国风"29 首、"小雅"22 首、"大雅"6 首、"颂"5 首。另附 6 首涉及鸟名但有较大争议或与鸟类并无直接关联的诗以备考。

国风(29 首)

1. 《周南·关雎》:
   关关**雎鸠**,在河之洲。窈窕淑女,君子好逑。

2. 《周南·葛覃》:
   葛之覃兮,施于中谷,维叶萋萋。**黄鸟**于飞,集于灌木,其鸣喈喈。

3. 《召南·鹊巢》:
   维**鹊**有巢,维**鸠**居之。之子于归,百两御之。
   维**鹊**有巢,维**鸠**方之。……
   维**鹊**有巢,维**鸠**盈之。……

4. 《邶风·燕燕》:
   燕燕于飞,差池其羽。之子于归,远送于野。……
   燕燕于飞,颉之颃之。……
   燕燕于飞,下上其音。……

5.《邶风·凯风》：
   睍睆黄鸟，载好其音。有子七人，莫慰母心。

6.《邶风·雄雉》：
   雄雉于飞，泄泄其羽。我之怀矣，自诒伊阻。
   雄雉于飞，下上其音。展矣君子，实劳我心。

7.《邶风·匏有苦叶》：
   有弥济盈，有鷕雉鸣。济盈不濡轨，雉鸣求其牡。
   雍雍鸣雁，旭日始旦。士如归妻，迨冰未泮。

8.《邶风·简兮》：
   左手执籥，右手秉翟。赫如渥赭，公言锡爵。

9.《邶风·北风》：
   莫赤匪狐，莫黑匪乌。惠而好我，携手同车。……

《诗经》鸟类诗句一览

10.《鄘风·君子偕老》：
　　玼兮玼兮，其之翟也。……

11.《鄘风·鹑之奔奔》：
　　鹑之奔奔，鹊之强强。人之无良，我以为兄。
　　鹊之强强，鹑之奔奔。人之无良，我以为君。

12.《卫风·硕人》：
　　……四牡有骄，朱幩镳镳，翟茀以朝。……

13.《卫风·氓》：
　　桑之未落，其叶沃若。于嗟鸠兮！无食桑葚。于嗟女兮！无与士耽。……

14.《王风·兔爰》：
　　有兔爰爰，雉离于罗。我生之初，尚无为；我生之后，逢此百罹。尚寐无吪！
　　有兔爰爰，雉离于罦。……
　　有兔爰爰，雉离于罿。……

15.《郑风·大叔于田》：
　　叔于田，乘乘黄。两服上襄，两骖雁行。……

16.《郑风·女曰鸡鸣》：
　　女曰"鸡鸣"，士曰"昧旦"。"子兴视夜，明星有烂。""将翱将翔，弋凫与雁。"

17.《魏风·伐檀》：
　　……不狩不猎，胡瞻尔庭有县鹑兮？彼君子兮，不素飧兮！

18.《唐风·鸨羽》：
　　肃肃鸨羽，集于苞栩。王事靡盬，不能蓺稷黍。……
　　肃肃鸨翼，集于苞棘。……
　　肃肃鸨行，集于苞桑。……

19.《秦风·黄鸟》：
　　交交黄鸟，止于棘。谁从穆公？子车奄息。……
　　交交黄鸟，止于桑。……
　　交交黄鸟，止于楚。……

《诗经》鸟类 诗句一览

20. 《秦风·晨风》：
    鴥彼晨风，郁彼北林。未见君子，忧心钦钦。……

21. 《陈风·宛丘》：
    坎其击鼓，宛丘之下。无冬无夏，值其鹭羽。
    坎其击缶，宛丘之道。无冬无夏，值其鹭翿。

22. 《陈风·墓门》：
    墓门有梅，有鸮萃止。……

23. 《陈风·防有鹊巢》：
    防有鹊巢，邛有旨苕。谁侜予美？心焉忉忉。

24. 《曹风·候人》：
    维鹈在梁，不濡其翼。彼其之子，不称其服。
    维鹈在梁，不濡其咮。彼其之子，不遂其媾。

25.《曹风·鸤鸠》：
鸤鸠在桑，其子七兮。淑人君子，其仪一兮。……
鸤鸠在桑，其子在梅。……
鸤鸠在桑，其子在棘。……
鸤鸠在桑，其子在榛。……

26.《豳风·七月》：
……春日载阳，有鸣仓庚。……
……七月鸣鵙，八月载绩。……

27.《豳风·鸱鸮》：
鸱鸮鸱鸮，既取我子，无毁我室。……

28.《豳风·东山》：
……鹳鸣于垤，妇叹于室。……
……仓庚于飞，熠耀其羽。……

29.《豳风·九罭》：
鸿飞遵渚，公归无所，于女信处。
鸿飞遵陆，公归不复，于女信宿。

小雅（22首）

30.《小雅·四牡》：
翩翩者鵻，载飞载下，集于苞栩。王事靡盬，不遑将父。
翩翩者鵻，载飞载止，集于苞杞。王事靡盬，不遑将母。

31.《小雅·常棣》：
脊令在原，兄弟急难。每有良朋，况也永叹。

32.《小雅·伐木》：
伐木丁丁，鸟鸣嘤嘤。出自幽谷，迁于乔木。嘤其鸣矣，求其友声。相彼鸟矣，犹求友声。矧伊人矣，不求友生？神之听之，终和且平。

33.《小雅·出车》：
春日迟迟，卉木萋萋。仓庚喈喈，采蘩祁祁。……

34.《小雅·南有嘉鱼》：
翩翩者鵻，烝然来思。君子有酒，嘉宾式燕又思。

35.《小雅·六月》：
……织文鸟章，白旆央央。元戎十乘，以先启行。

36.《小雅·采芑》：
鴥彼飞隼，其飞戾天，亦集爰止。方叔莅止，其车三千。……

37.《小雅·鸿雁》:

鸿雁于飞,肃肃其羽。之子于征,劬劳于野。爰及矜人,哀此鳏寡。

鸿雁于飞,集于中泽。……

鸿雁于飞,哀鸣嗷嗷。……

38.《小雅·沔水》:

沔彼流水,朝宗于海。鴥彼飞隼,载飞载止。……

……鴥彼飞隼,载飞载扬。……

……鴥彼飞隼,率彼中陵。……

39.《小雅·鹤鸣》:

鹤鸣于九皋,声闻于野。鱼潜在渊,或在于渚。……

鹤鸣于九皋,声闻于天。鱼在于渚,或潜在渊。……

40.《小雅·黄鸟》:

黄鸟黄鸟,无集于榖,无啄我粟。……

黄鸟黄鸟,无集于桑,无啄我粱。……

黄鸟黄鸟,无集于栩,无啄我黍。……

《诗经》鸟类 诗句一览

41.《小雅·斯干》：
如跂斯翼，如矢斯棘，如鸟斯革，如翚斯飞，君子攸跻。

42.《小雅·正月》：
……哀我人斯，于何从禄？瞻乌爰止，于谁之屋？
……召彼故老，讯之占梦。具曰予圣，谁知乌之雌雄！

43.《小雅·小宛》：
宛彼鸣鸠，翰飞戾天。我心忧伤，念昔先人。……
题彼脊令，载飞载鸣。我日斯迈，而月斯征。……
交交桑扈，率场啄粟。哀我填寡，宜岸宜狱。……

44.《小雅·小弁》：
弁彼鸒斯，归飞提提。民莫不穀，我独于罹。……
……雉之朝雊，尚求其雌。……

45.《小雅·四月》：
匪鹑匪鸢，翰飞戾天。匪鳣匪鲔，潜逃于渊。

46.《小雅·桑扈》：
　　交交桑扈，有莺其羽。君子乐胥，受天之祜。
　　交交桑扈，有莺其领。君子乐胥，万邦之屏。

47.《小雅·鸳鸯》：
　　鸳鸯于飞，毕之罗之。君子万年，福禄宜之。
　　鸳鸯在梁，戢其左翼。君子万年，宜其遐福。

48.《小雅·车辖》：
　　依彼平林，有集维鷮。辰彼硕女，令德来教。……

49.《小雅·菀柳》：
　　有鸟高飞，亦傅于天。彼人之心，于何其臻。曷予靖之，居以凶矜。

50.《小雅·白华》：
　　有鹙在梁，有鹤在林。维彼硕人，实劳我心。
　　鸳鸯在梁，戢其左翼。之子无良，二三其德。

51.《小雅·绵蛮》：
　　绵蛮黄鸟，止于丘阿。道之云远，我劳如何。……
　　绵蛮黄鸟，止于丘隅。……
　　绵蛮黄鸟，止于丘侧。……

大雅（6首）

52.《大雅·大明》：

……维师尚父，时维鹰扬。凉彼武王，肆伐大商，会朝清明。

53.《大雅·旱麓》：

鸢飞戾天，鱼跃于渊。岂弟君子，遐不作人？

54.《大雅·灵台》：

王在灵囿，麀鹿攸伏。麀鹿濯濯，白鸟翯翯。……

55.《大雅·凫鹥》：

凫鹥在泾，公尸来燕来宁。……
凫鹥在沙，公尸来燕来宜。……
凫鹥在渚，公尸来燕来处。……
凫鹥在潀，公尸来燕来宗。……
凫鹥在亹，公尸来止熏熏。……

56.《大雅·卷阿》：

凤皇于飞，翙翙其羽，亦集爰止。蔼蔼王多吉士，维君子使，媚于天子。
凤皇于飞，翙翙其羽，亦傅于天。……
凤皇鸣矣，于彼高冈。梧桐生矣，于彼朝阳。……

57.《大雅·瞻卬》：

哲夫成城，哲妇倾城。懿厥哲妇，为枭为鸱。……

颂（5首）

58.《周颂·振鹭》：
　　振鹭于飞，于彼西雍。我客戾止，亦有斯容。……

59.《周颂·小毖》：
　　……肇允彼桃虫，拚飞维鸟。……

60.《鲁颂·有駜》：
　　……振振鹭，鹭于下。鼓咽咽，醉言舞。于胥乐兮！
　　……振振鹭，鹭于飞。……

61.《鲁颂·泮水》：
　　翩彼飞鸮，集于泮林。食我桑黮，怀我好音。……

62.《商颂·玄鸟》：
　　天命玄鸟，降而生商，宅殷土芒芒。……

《诗经》鸟类 诗句一览

/ 备考

1. 《邶风·旄丘》：

   琐兮尾兮，**流离**之子。叔兮伯兮，褎如充耳。

   流离，一说"飘散流亡"之意；也有人说它是指鸺鹠，一种猫头鹰。（详见《墓梅有鸮焉恶声》）

2. 《邶风·新台》：

   鱼网之设，**鸿**则离之。燕婉之求，得此戚施。

   鸿，一说是鸟名，指大雁；也有认为是指癞蛤蟆。（详见《雍雍鸣雁盼君来》）

3. 《陈风·防有鹊巢》：

   中唐有甓，邛有旨鹝。谁侜予美？心焉惕惕。

   甓（音同"辟"），通常指砖瓦，也有人认为，可能即"鹈鹕"的"鹈"。鹈鹕（音同"辟梯"），鸟名，最常见的是小鹈鹕，这是在国内有广泛分布的一种水鸟，不会上岸行走。鹝（音同"益"），原为鸟名，称"绶鸟"，诗中指绶草，一种野生兰花。"鹝"从鸟名到草名，关键词就是"绶"，共性是鲜艳的色彩。绶鸟，又名"吐绶鸟"，因其"咽下有囊如小绶，五色彪炳"（宋陆佃《埤雅·释鸟》）。一般认为，"吐绶鸟"指黄腹角雉。其雄鸟在发情时，喉下的鲜艳的肉裙膨胀下垂，朱红与翠蓝交错，故曰"吐绶"。

4.《小雅·蓼萧》：

……和鸾雍雍，万福攸同。

《诗经动物释诂》："和鸾，本为鸟名，鸾鸟雌曰和，雄曰鸾。因其鸣声悦耳，故用作车铃名。""和鸾亦是虹雉的古称。现以我国特产鸟类绿尾虹雉释之。"注，《诗经》其他地方出现的"鸾"字含义类似，要么指铃铛，要么指铃声。

5.《大雅·常武》：

王旅啴啴，如飞如翰。……

翰，一说高飞之义，另说乃是鸟名。至于是什么鸟，也有两种说法：一、指猛禽；二、指锦鸡。

6.《周颂·载见》：

……鞗革有鸧，休有烈光。……

鸧（音同"苍"），原为鸟名，这里指美丽有光彩的样子，一说是声音和美之意。《诗经动物释诂》著者认为是麦鸡类的鸟，如灰头麦鸡。但按李时珍《本草纲目》的描述（鸧，水鸟也，食于田泽洲渚之间。大如鹤，青苍色，亦有灰色者。长颈高脚，群飞），则"鸧"应为今之苍鹭。

黄腹

/ 图 说

白胸苦恶鸟　体长约 33 厘米，胸腹部为白色的秧鸡，通常单个活动，多在湿地旁的开阔地带进食。　**东方大**

白胸苦恶鸟

东方大苇莺

东方大苇莺

约19厘米,褐色,具显著的皮黄色眉纹。喜芦苇地、稻田、沼泽及低地次生灌丛。

白胸苦恶鸟

普通鸬鹚

普通鸬鹚 体长约90厘米,体羽黑色带金属

胸颈部和头部有白色丝状羽。善潜水逐鱼,以前渔民常训练它们捕鱼。

鹗　体长约55

鹗

体白色，上体多暗褐色，深色的短冠羽可竖立，善入水捕鱼。

喜 鹊 体长约45厘米，鸦科鸟类，两翼及尾黑色并具蓝色辉光，叫声为响亮粗哑的鸣

红 隼 体长约33厘米,赤褐色,善于在空中悬停,伺机捕食。

红 隼

喜 鹊

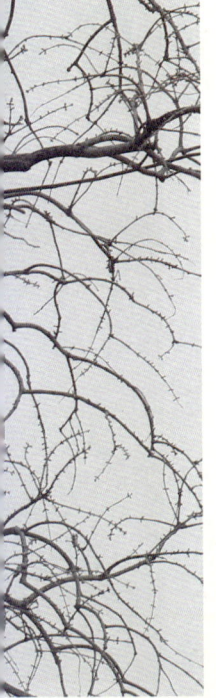

喜鹊的巢

珠颈斑鸠 体长约 30 厘米,粉褐色,颈侧黑色块斑上满是白点,故名"珠颈"。 **火斑鸠** 体长约 23 厘米的

珠颈斑鸠

火斑鸠

颈部具黑色半领圈。雄鸟头部偏灰，下体偏粉，翼覆羽棕黄。雌鸟色较浅且暗。

灰喜鹊 体长约 35 厘米，顶冠、耳羽及后枕黑色，两翼天蓝色，尾长并呈蓝色。 **大杜鹃** 体长约 32

灰色，尾偏黑色，腹部近白而具黑色横斑。喜开阔的有林地带及大片芦苇地。

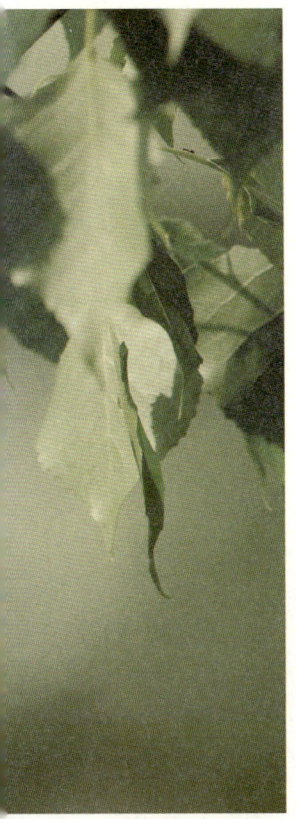

灰喜鹊

大杜鹃

小云雀 体长约 15 厘米，羽色褐色而斑驳，略具浅色眉纹及羽冠，栖于多短草的开阔

山斑鸠 体长约 32 厘米,与珠颈斑鸠的明显区别在于其颈侧块状斑具黑白色条纹。

小云雀

一对山斑鸠

山斑鸠

黑枕黄鹂　　体长约26厘米,过眼纹及颈背黑色,飞羽多为黑色。雄鸟体羽余部艳黄色。

黑枕黄鹂

棕头鸦雀

棕头鸦雀　体长约 12 厘米，粉褐色，嘴小而厚实，生性活泼，好结群在灌丛活动。

棕头鸦雀

棕头鸦雀

棕头鸦雀

集于树上的金翅雀

金翅雀 体长约1

的黄色翼斑，常结群取食植物种子。

斑文鸟 体长约10厘米,暖褐色,胸及两胁具深褐色鳞状斑。　　**白腰文鸟** 体长约11厘米,上体深褐,

斑文鸟　　　　　　　　　　　　　　白腰文鸟

形的黑色尾。　**黄　雀**　体长约11.5厘米，嘴短而尖，总体偏黄，翼上具醒目的黑色及黄色条纹。

黄　雀　　　　　　　　　　　　白腰文鸟

家燕飞行

20厘米,远看为黑色,实际上背部羽毛为带金属光泽的蓝色,常低飞于地面或水面捕捉小昆虫。

筑巢的金腰燕

金腰燕

家 燕

腰燕 体长约18厘米,具有栗色的腰部,下体白而多具黑色细纹,尾长而叉深。习性似家燕。

环颈雉 雄鸟体长约85厘米，宽大的眼周裸皮鲜

放金挂彩,满身点缀着发光羽毛。雌鸟体长约 60 厘米,羽色暗淡。

环颈雉(雄)飞行
戴美杰 摄

白冠长尾雉 雄鸟体长约180厘米,具有超长的尾羽(长可至1.

白冠长尾雉(雄)

白冠长尾雉(雌)

金黄而具黑色羽缘。雌鸟羽色暗淡,尾远较雄鸟为短。

身体灰褐色而滚圆，上体具褐色与黑色横斑及皮黄色矛状长条纹，栖居于矮草地及农田。

白腹锦鸡 雄鸟体长约150厘米,

白腹锦鸡
熊书林 摄

，羽毛斑纹具扇贝形，背及两翼为闪亮深绿色，腹白。雌鸟体长约60厘米。

棕背伯劳 体长约25厘米，头顶及颈背灰色或灰黑色，背部红褐色，

棕背伯劳

棕背伯劳

色"眼罩"。

棕背伯劳

棕背伯劳

白鹡鸰　体长约20厘米,羽色为黑、白、灰,具多个亚种。身体纤巧,步态轻盈,常边飞边鸣。

白鹡鸰

黄鹡鸰 体长约18厘米，各亚种羽色相差较大，似灰
灰鹡鸰 体长约19厘米，尾长，偏灰色。腰黄绿色，

黄鹡鸰

灰鹡鸰

为橄榄绿色或橄榄褐色而非灰色,尾较短。喜稻田、沼泽边缘及草地。常光顾溪流,并在潮湿砾石或沙地觅食。

黑尾蜡嘴雀　体长约17厘米，黄色的嘴硕大，雄鸟头部黑色面积比雌鸟大，背部褐色，两胁栗色。

· 黑尾蜡嘴雀（雄）

大嘴乌鸦 体长约50厘米，嘴甚粗厚。与小嘴乌鸦的区别为嘴粗厚而尾圆，头顶更显拱圆形。 达乌里

大嘴乌鸦

达乌里寒鸦

约 32 厘米，白色斑纹后颈延至胸下，胸部白色部分面积较大，嘴相对较细。

大嘴乌鸦

大嘴乌鸦

斑头鸺鹠 体长约24厘米，遍布棕褐色横斑，无耳羽簇（即所谓"角"），常光顾废

原始林及次生林，多在夜间和清晨鸣叫。

斑头鸺鹠

红角鸮 体长约19厘米,分灰色型及棕色型两类,眼黄色,体羽褐色斑驳,有明显耳羽簇。 **领角鸮** 体十

红角鸮

红角鸮

具明显耳羽簇及特征性浅沙色颈圈，上体偏灰或沙褐，繁殖季节叫声哀婉。

领角鸮

白腹鸫 体长约50厘米的深

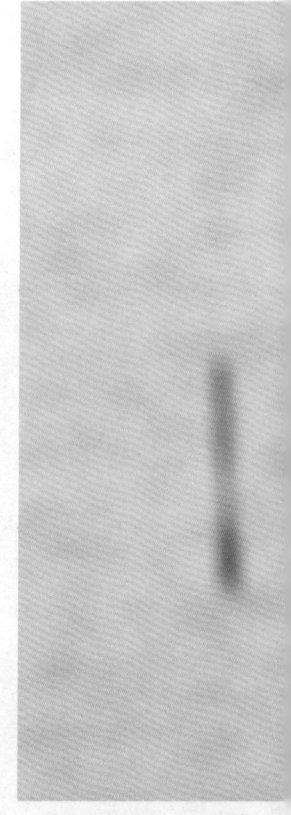

洞地，尤其是多草沼泽地带或芦苇地。擦植被优雅滑翔低掠，有时停滞空中。

白腹鹞

飞入树丛的隼

普通鵟 体长约55厘米的红褐色鵟。飞行时两翼宽而圆,初级飞羽基部具特征性白色块斑。喜开阔原野。

普通鵟

约30厘米，翼长，腿及臀棕色，上体深灰，胸白而具黑色纵纹。常于飞行中捕捉昆虫或鸟类，飞行迅速。

黑耳鸢 体长约 65 厘米的深褐色猛禽,尾略显分叉,耳羽黑色,翼上斑块较白。

黑耳鸢

约 42 厘米的强健鹰类,具短羽冠。成年雄鸟上体灰褐,腹部及大腿白色,具近黑色粗横纹。

林 雕 体长约 70 厘米的褐黑色雕。飞行时与其他深色雕的区别在于尾长而宽,具显著"翼指"。常在森林的树

蛇 雕 体长约50厘米的深色雕。两翼甚圆且宽而尾短,眼及嘴间的裸露部分为黄色。

林雕

蛇雕

麻 雀 体长约14厘米，顶冠及颈背褐色，身体矮圆，性情活泼。

鹪鹩 体长约10厘米，体羽褐色而具横纹及点斑，嘴尖细，尾不停地轻弹而上翘。

鹪鹩

麻雀

麻雀

豆 雁 体长约 80 厘米，颈色暗，嘴黑而具橘黄色次端条带。飞行中较其他灰色雁类色暗而颈长。

88厘米，颈长，头顶及颈背红褐，前颈与后颈有一道明显界线。飞行时作典型雁叫，为升调的拖长音。

鸿雁

豆雁

白额雁　体长70—85厘米的

白额雁

至额部有明显白色斑块，腹部有大块黑斑，腿橘黄色。在中国是不常见的冬候鸟。

豆 雁

438 小天鹅 体长约142厘米，嘴黑，嘴基部的黄色区域面积比大天鹅小。叫声似大天鹅但音量

小天鹅

合唱声如鹤。

鸳 鸯，体长约 40 厘米，色彩艳丽的鸭类。雄鸟有醒目的白色眉纹、金色颈以及拢翼后可直立的棕黄色炮

鸳鸯夫妇

饰羽"。雌鸟不甚艳丽，具雅致的白色眼圈及眼后线。

鸳鸯

鸳鸯（雄）

鸳鸯

苏湖越冬鸳鸯群

成双成对的鸳鸯

吵架的鸳鸯夫妇

鸳鸯夫妇

绿头鸭
野

58厘米,雄鸟头及颈为深绿色带光泽,白色颈环使头与栗色胸隔开。雌鸟褐色斑驳,有深色的贯眼纹。目鸭科鸟类,属于游禽。喙通常呈扁平状,大多数种类的翅上具"翼镜",多呈金属光泽。

的野鸭群

绿头鸭

斑嘴鸭 体长约 60 厘米,体羽主要为深褐色,嘴黑而嘴

斑嘴鸭

绿头鸭

亮。　**黄腿银鸥**　体长约60厘米，上体浅灰至中灰，腿黄色。冬季鸟的头及颈背无褐色纵纹。

黄腿银鸥

黑嘴鸥

黑嘴鸥 体长约33厘米,具粗短的黑色嘴,飞行时轻盈如燕鸥。常在飞行中突然垂直

鸥嘴噪鸥 体长约39厘米,嘴黑,成鸟冬季下体白色,上体灰,头白,眼旁有黑色斑

时又一转身，然后捕食螃蟹、蠕虫等。

头顶全黑。

西伯利亚银鸥

西伯利亚银鸥 体长约62厘米的灰色鸥,腿

鸟的头及颈背具深色纵纹。

中白鹭（左）与白鹭

| 白鹭 | 体长约 95 厘米，嘴较厚重，颈特长，乃至具特别的扭结。站姿甚高直，从上往下刺戳猎物。
| 白鹭 | 体长约 69 厘米，在繁殖期，其背及胸部有松软的长丝状羽。

白鹭

鹭

白　鹭　体长约60厘米，嘴及腿黑色，脚趾黄色，繁殖羽纯白，颈背具细长饰羽，背及胸具蓑

白　鹭

中白鷺

鷺群

白鷺

卷羽鹈鹕

卷羽鹈鹕

卷羽鹈鹕　体长约175厘米，体羽灰白，喉囊橘黄或黄色，颈背具

喜群栖，捕食鱼类。

卷羽鹈鹕

捕鱼的卷羽鹈鹕

大 鸨
顾云芳 摄

大 鸨 体长约100厘米,头灰,

具宽大的棕色及黑色横斑,下体及尾下白色。繁殖雄鸟颈前有白色丝状羽,颈侧丝状羽棕色。

秃 鹳 体长约 110 厘米，嘴特大，两翼、背及尾黑色，下体及领环白色，裸出的头部及喉部粉红，颈裸露部分

秃鹳属鸟类（动物园逃逸个体）
李超 摄

秃鹳属鸟类（动物园逃逸个体）
李超 摄

白色绒羽。

白枕鹤

白枕鹤 体长约150厘米,脸侧裸皮红色,喉及颈背白色。冬季南迁至长江

及河岸滩地，觅食于农耕地。

白 鹤 体长约135厘米,嘴橘黄,脸上裸皮猩红,腿粉红。飞行时黑色的初级飞羽明显,发出欢快、

白 鹤

的"咕——克、咕——克"声。

白 鹤

东方白鹳 体长约105厘米,两翼和厚直的嘴黑色,腿红

白　鹤

东方白鹳

黑色初级飞羽及次级飞羽与纯白色体羽形成强烈对比。

红腹锦鸡 雄鸟体长约98厘米,头顶及背有耀眼的金色丝状羽,枕部披风金色并具黑色条纹,上背金属绿色
柳 莺 为雀形目莺科鸟类,属于鸣禽,种类很多,体形十分纤巧。上体羽毛多为黄绿色,也有的是褐色。善于

雌鸟体形较小,为黄褐色,上体密布黑色带斑,下体淡皮黄色。

红腹锦鸡　　　　　　　　　　　　柳莺

远东树莺 体长约17厘米,通体棕色,眉纹皮黄色,无翼斑或顶纹。十分善于鸣唱,声音响亮而富有韵律。

远东树莺

蓝喉歌鸲 体长约14厘米

蓝喉歌鸲

色彩艳丽,喉部具栗色、蓝色及黑白色图纹。雌鸟喉白。鸣声欢快动听,如铃声。

黄腹角雉 体长约61厘米,尾短。雄鸟浓棕色,上体具皮黄色大点斑,下体草黄。头黑,前领及颈侧斑块

彭胀时呈艳丽的蓝色和红色。雌鸟体小,下体杂灰色,带白色矛状细纹。

黄腹角雉

苍 鹭

苍 鹭

苍 鹭 体长约92厘米，冠羽黑色，飞羽、翼角及

嘴黑色，头、颈、胸及背白色，颈具黑色纵纹，余部灰色。

诗经飞鸟 张海华 著